フェアリーテール　原作
高橋恒星　著
満月〇　原画

PARADIGM NOVELS 179

登場人物

渡良瀬《わたらせ》 裕紀《ゆうき》

愛のない家庭に育つ。溺愛していた妹まゆに先立たれ、人間不信になっている。女の子たちを調教することで、孤独をまぎらわしている。

菊川 紗理亜

Saria Kikukawa

世間知らずで純粋な少女。親元を離れ学園の寮に住んでいる。猫のチビを引き取ってくれた裕紀を慕っている。

蓮見 円佳

Madoka Hasumi

裕紀の忠実なしもべ。クールでおとなびた雰囲気を持っている。紗理亜に快楽を教え込むため、学園に転入する。

プロローグ

「咲《さき》が丘《おか》市……名門校揃《ぞろ》いの学園都市として有名……そんな触れ込みに興味をそそられてぶらりと立ち寄ったのが間違いだったな」

コンビニで慌てて買った傘《かさ》の中、つい愚痴《ぐち》めいた独り言が裕紀の口をついて出てしまう。

裕紀は雨が嫌いだった。

単に濡《ぬ》れるのがいやだとかいう次元ではなく、屋内にいて雨の降る音を窓越しに耳にするのも疎《うと》ましいと感じてしまうほどだ。

裕紀の横の車道を、『空車』ランプが点灯しているタクシーが通った。

一刻も早く自室に帰りたい気分の裕紀だったが、そのタクシーには一瞥《いちべつ》をくれただけだ。

二十歳という年齢にそぐわない経済的裕福さを持ち合わせている裕紀には、タクシーどころか電話一本で運転手付きの車をここに呼びつけるのも可能である。

しかし、裕紀はそうしない。

裕紀にとって雨の日に車に乗るというシチュエーションは、心底嫌っている『雨』以上に忌避《きひ》すべきことだったのだ。

傘にあたる雨の音を思考の外に追いやり、止めていた歩みを一歩再開した時、裕紀の口から一つの単語が飛び出した。

「……まゆ？」

心の中で数限りなく呼びかけてはいたが、断じて人前では口にしないと裕紀が誓っている言葉……名前だ。

茫然《ぼうぜん》と佇《たたず》む裕紀の視線の先に、一人の少女がいた。

身長は百五十センチ半ばくらいだろうか、男の保護欲をそそるその小柄でスレンダーな体型が醸《かも》し出す印象そのままに、彼女は美少女であった。

雨の雫《しずく》が作り出したのではない艶《つや》やかなボブの髪と、その上で揺れる白い大きなリボンも、先に挙《あ》げた印象を決定付けるものだ。

だが、裕紀が彼女に目を奪われたのはそういった意味ではなかった。

「いや、そんなはずは……でも、似ている……」

裕紀はもっと近付いてはっきりと見たい衝動に素直に従い、少女のいる方へゆっくりと歩を進めた。その耳に少女の声が届く。

「……ごめんね。もう飼《か》っていてあげられないの」

今にも泣き出しそうなその声は、傘を肩で支えた少女が両手でギュッと抱きしめているもの、真っ黒な仔猫《こねこ》に向けられていた。

「にゃう、にゃーにゃー」

仔猫は抱きしめられて少し苦しいのか、長い尻尾《しっぽ》を振ってそれを訴える。その仕草が尚《なお》更《さら》少女の感情を刺激したのだろう、彼女は前かがみになり仔猫に頬《ほお》をすりよせる。

「本当にごめんね……ウチの寮《りょう》、ペット禁止だから……」

プロローグ

少女の呟《つぶや》きから凡《およ》その事情を理解した裕紀の瞳《ひとみ》に、妖《あや》しい光が宿った。

（これで何人目だったかな……とにかく、見つけた……）

心の呟きにつられて、裕紀の口元が歪む。

しかし、その表情も一瞬で消え、フーッと大きく息をつき前髪をかきあげた裕紀の顔には優《やさ》しげな好青年という仮面が張り付いていた。

そして、裕紀は行動を開始する。

「……可愛《かわい》い仔猫ですね」

いきなり背後から声をかけられて、少女の身体《からだ》が「！」と硬直した。

その反応を予想していた裕紀は、用意していた言葉を続ける。

「あ、驚かしちゃいましたね……すいません、そんなつもりはなかったんだけど。それと、これも聞くつもりはなかったんだけど、君が謝っていたのはその仔猫くんに、かな？」

「…………」

見知らぬ人物、それも相手が異性ということから、少女はつぶらな瞳で裕紀をじっと見つめるだけだ。

その緊張が少し解けたのは、スッと伸ばした裕紀の手が仔猫の顎《あご》を優しく撫《な》で、仔猫も心地よさそうに喉《のど》を鳴らしてからだった。

「あっ……この子、そうされるの好きなんです……あっ、その……」

「そう、なんだ……よかったら、事情を話してみませんか？　もしかしたら、相談に乗れるかもしれないし、ね」

そう言って、裕紀は少女の顔を覗《のぞ》き込むようにしてニコッと微笑《ほほえ》んだ。

以前には、ある人物だけに自然と向けられていた笑みを。

今は、演技抜きではできないその笑みを。

効果は絶大だったようで、少女は仔猫に関する事情を明かす。

全寮制の学校に通う彼女が、寮の規則を破り内緒で拾った仔猫を部屋で飼っていたことを。昨夜、それが寮長に露見してしまい、捨ててくるようにと命じられたことを。

「なるほど……それで君はここで途方に暮れていたというわけか。う〜ん……」

少しだけ考え込むフリをした後、裕紀の口からはこれも事前に決めていた解決策が飛び出す。「僕がその仔猫くんを預かりましょうか」と。

「ほ、ホントですか！　ありがとうございます。えっとぉ、あのぉ……」

「自己紹介がまだだったね。僕は裕紀……渡良瀬裕紀といいます。よかったら、僕も名前を聞かせてもらえるかな」

「あっ、この子、『チビ』っていいます。友達《ともだち》はもっと大きくなったらどうするのって猛反対したんですけどぉ、私《わたし》は絶対似合ってるって……」

「いや、まあ……確かに小さくて可愛いから僕も悪くない名前だとは思うけど……僕が聞きたかったのは君の名前だったんだけどね」

　裕紀の指摘に自分の勘違いを知って頬をほんのり染めた少女は、改めて名前を、そして自分の素性を初対面の相手にあっさりと明かす。

「す、すいません。私、『菊川紗理亜《きくかわさりあ》』っていいます。聖フェリオ女学園の一年生で……」

　紗理亜のその無防備さ、他人の厚意をそのまま受け取ってしまう無邪気さに、裕紀は内心でほくそ笑む。

「ほーら、『チビ』。新しい御主人様よ」

「よろしく、『チビ』くん」

　紗理亜の手から裕紀の手へと『チビ』は渡された。「にゃぁ」と鳴くだけでまだ状況がよく分かっていない『チビ』だが、それはある意味、紗理亜も同様だった。裕紀が仔猫に限らず、自分の意思が容易に伝わらない動物のペットという存在を嫌っているのも知らないのだから。

　そしてこの瞬間、裕紀があるターゲットとして紗理亜を選んだという裏の事情も彼女は知る由《よし》もなかった……。

第1章　始まりの日

朝の柔らかい陽射《ひざ》しがカーテンを通して室内全体を照らしていく。

視線をどこに移してもそこには必ず何らかの猫グッズが存在する八畳ほどの部屋は、まだ主が夢の中にいるため静けさに満ちていた。

次の声が部屋に鳴り響くまでは。

にゃー、にゃー、にゃぁああん……にゃー、にゃー、にゃぁああん……。

一定周期によって繰り返される、仔猫《こねこ》の……正確に言えば、『チビ』の鳴き声は本物のそれではない。目覚ましの音として録音し設定されていたものだ。

「……んん……目覚ましが……止めなくっちゃ……分かったよぉ、『チビ』……今、起きるからぁ……はにゃっ！」

布団《ふとん》を被《かぶ》ったままベッドの中から少し離れた場所にある目覚ましにモゾモゾと手を伸ばしたのが災いし、バランスを崩した紗理亜はおでこと床による接触事故に遭《あ》ってしまった。

この類《たぐ》いの事故は、今朝で三日連続を数える。

尤《もっと》も、そのおかげでこの春から初めて親元を離れて生活することになった紗理亜が寝坊をしなくても済んでいる、そう言っても過言ではない。

「ふわぁぁ……やっぱり朝起きて『チビ』の顔が見れないのって寂しいなぁ」

飼《か》い猫兼同居人だった『チビ』の不在を再認識するように紗理亜がぐるりと見渡したその場所は、聖フェリオ女学園において彼女が与えられた寮《りょう》の一人部屋である。

そこはエアコン、バス、シャワー完備の完全個室制であり、女子寮という性格上、セキュリティに関しても完璧《かんぺき》さを誇っている。

その点からも分かる通り、聖フェリオ女学園は全国から育ちのいい……ストレートな言い方をすれば一般家庭の平均よりもかなり富裕な家の娘たちが集まってくる、いわゆるお嬢様校《じょうさま》でカトリック系でもある。

クラシカルな思想、「真の淑女《しゅくじょ》を育てる」のもと、幼稚園《ようちえん》から大学までのエレベーター式になっている学園に、紗理亜は中等部の段階から通っている。

高等部が全寮制と知った当初、紗理亜は躊躇《ちゅうちょ》した。「お父さんとお母さんのそばを離れて一人暮らしなんてできるだろうか」と。

一人っ子で両親が共働きだったせいもあり、紗理亜には少々内気で引っ込み思案なところがある。だからこそ娘に惜しみない愛情を注いできた両親としてはあえて聖フェリオ女学園高等部への進学を勧《すす》めたわけで、更なる成長を促そうとするその意思は紗理亜にもしっかりと伝わり、現状に至っていた。

「……この部屋ってこんなに広かったかな」

部屋を見渡した後、紗理亜はそうポツリと洩《も》らした。『チビ』を裕紀に託してから今まで三週間余り、何度同じような独り言を紗理亜は口にしただろう。

無類の猫好き、既に猫オタクの域に達している紗理亜だが、『チビ』を拾ってひそかに飼っていた理由はそれだけでもない。やはり、まだ一人暮らしが寂しかったのだ。

そうでなければ、いくら猫好きでも寮則、「ペット禁止」を破るという、内気な紗理亜にしては大それた冒険的《ぼうけんてき》行動に出なかったはずだ。

「あっ……そーだ！」

独り言をもう少し生産性のある行為に変えようと、紗理亜は着替えるためペパーミントグリーンのパジャマにかけていた手を止め、それを机《つくえ》の上の携帯電話に向けた。

「『チビ』の近況を聞くのも兼ねて、裕紀さんにおはようメールを……」

紗理亜は携帯電話で裕紀宛《あて》にメールを打つ。

無論、これが初めてではなく、『チビ』を預かってくれた大恩人の裕紀とあの日以来毎日欠かさず、紗理亜はメールのやり取りをしていた。

父親以外の異性との交際は皆無《かいむ》の紗理亜としては、これでも随分大胆な行為なのだ。

つまり、それだけ紗理亜が裕紀に信頼を寄せているという証拠でもある。

遥《はる》か昔の男女交際における基本、『文通』にも似たメールという方法も功を奏していたのだろう。実際のところ、初対面以来、紗理亜は直《じか》に裕紀に会っていないし、直接電話で会話した機会すら数回あっただけなのだから。

そして、紗理亜の送るメールの内容も実に他愛《たわい》のないものだ。例えば、今まさに送ろうとしているものも……。

《裕紀さん、おはようございます。いい天気ですね。こんな日はなんだかウキウキしちゃいます。ところで、『チビ』、元気してますか？　ご飯、ちゃんと食べてます？》

といった具合だ。

対して、裕紀の返事はどうだろう。

それは、紗理亜が胸元の赤いリボンがポイントの聖フェリオ女学園の制服に着替え終わった頃《ころ》、要するに程なくして届いた。

【おはよう、紗理亜ちゃん。ほんといい天気だね。『チビ』は元気だよ。身体《からだ》のわりにご飯食べるんでびっくりしてるところさ。『チビ』とは男同士仲良くやってるから、紗理亜ちゃんも学校、頑張《がんば》ってね】

「エヘッ……『頑張ってね』か。うんっ、頑張っちゃう！」

裕紀からのメールを確認して、紗理亜の顔が綻《ほころ》ぶ。

まだ誕生日《たんじょうび》の来ていない紗理亜と、二十歳の裕紀とでは五つも歳《とし》の差がある。にも関《かか》わらず、裕紀は懇切丁寧《こんせつていねい》なメールを欠かさず返してくれる。そればかりか、そこにはしっかりと年上らしくアドバイスや励《はげ》ましという要素も含まれていた。

初めは、裕紀を「困っている私《わたし》を助けてくれた、親切な人」くらいにしか思っていなかった紗理亜も、今では「理想的なお兄さん」と、一人っ子ゆえにそう思い描いても不思議ではない対象へとランクアップさせている。

紗理亜自身がはっきりと自覚しているのはそこまでで、客観的な視点に立てば紗理亜の裕紀への思いはほのかな恋心にまで育っているのは明白だ。

《『チビ』、元気してますか。それを聞いて安心しました。どちらかといえば食が細い方だったんですが、そちらにも慣れたみたいですね。そう考えると、なんだかとっても『チビ』に会いたくなっちゃいました。》

以上のメールは寮の自室を出る前に紗理亜が裕紀の返事に対して送ったもので、そこからも微妙な乙女心《おとめごころ》が伝わってくる。《『チビ』に会いたくなっちゃいました》の箇所《かしょ》に、本当は紗理亜も《裕紀さんと》を加えたかったのではなかろうか。

恥ずかしくてその程度のことが無理だった紗理亜には、到底想像できない現実が携帯電話を媒介《ばいかい》とした向こうの世界にはあった……。

……この日二通目となる紗理亜からのメール、それを見つめる裕紀の顔に酷薄な冷笑が浮かぶ。

「ふっ……今のうちだよ、紗理亜。君が猫のことなんか考えていられるのも。そう、もうじき君は……」

★　★　★

「蓮見《はすみ》先輩、今日は何か用でもあったのかな……」

そんなことを呟《つぶや》きながら、紗理亜は登校の途についていた。

寮から聖フェリオ女学園の校舎は、歩いて十分ほどの距離にある。

学園が高等部は全寮制を敷いている事情から、制服姿の女生徒たちが大挙して登校していく様子は、なかなか壮観といえる。

特に、校舎の正門に通じる並木道は学園関係者以外の人間が滅多に通らないせいもあって咲が丘市の一種の名所であり、よほど勇気のあるものでも男一人では立ち入りにくいほどの迫力があった。

「寮の食堂でも見かけなかったし……蓮見先輩、ホントにどーしたのかなぁ」

再三紗理亜の口から出た『蓮見先輩』とは、つい二週間ほど前に聖フェリオ女学園に編入してきた人物、『蓮見円佳《まどか》』のことである。

円佳は紗理亜より二年上の三年生で、寮の部屋が隣り同士になった縁もあり、最近では毎日一緒に登校するようになっていた。その円佳が今日は朝から部屋に不在だったのだ。

ほんの些細《ささい》な出来事に過ぎなかったのだが、心配性の傾向もある紗理亜はいろいろと考えを巡《めぐ》らせてしまう。

(私、自分でも気付かないうちに何かして、蓮見先輩に嫌われちゃったのかなぁ)

と、そのくらいならまだいい。が……。

(もしかして、蓮見先輩の身に不測の事態が……そーいえば、今朝は先輩のことが気になってテレビのニュースも朝刊も見てなかったけど、まさか……！)

そこまで発想を広げてしまうのは、いくらなんでも暴走しすぎだった。

そして、本物の『不測の事態』は当の紗理亜の身に起きる。

「えっ……？　きゃあっ！」

歩道と車道の継《つ》ぎ目、段差のある場所でつまずいた紗理亜は、路上に見事な尻餅《しりもち》をついてしまった。

「いたたた……あっ、又、私、考え事してて転んじゃったんだ。この前もみんなにそれで笑われちゃったのに」

反省するよりも先に、紗理亜にはやるべきことがあった。

何しろ紗理亜の足は大きく開かれ、めくれあがったスカートの奥に存在する純白のショーツがそのシワまで確認できるほど丸見えになっていたのだから。

差し伸べられる手と共に、その事実を紗理亜に指摘してあげる親切な者がいた。

「紗理亜ったら、もう！　何、朝っぱらからサービスショット、披露《ひろう》してるのよ。まっ、そんな色気ゼロのパンツじゃサービスとは言えないけど」

「あっ、ワコちゃん。サービスって一体……きゃっ！」

自分の恥ずかしい格好を知って今更顔を真っ赤にする紗理亜の手を取って、「よっこらしょっ」と立たせたのはクラスメートの『真行寺和子《しんぎょうじかずこ》』だ。

和子は地毛だと本人だけが主張するやや赤味がかった髪をセミロングにまとめる、吊《つ》り

第1章　始まりの日

目の猫系の女の子だ。背は紗理亜よりも少し高い程度だが、成熟度には大きな差がありなかなかのグラマーである。

「紗理亜、アンタってホント、一日一回は転ぶよねぇ。でも、今日はなんにもないとこで、じゃなかったから大いなる進歩かな」

「そ、そっかなぁ。エヘッ」

「こら、こら、褒《ほ》めてない、褒めてない」

からかってはいるものの、和子は紗理亜にとって聖フェリオ女学園高等部に入って出来た友達《ともだち》で、今では一番の仲良しだ。

本人曰《いわ》く、「中学時代は遊び人で、それが崇《たた》って修道院送りにされそうだったのをなんとか聖フェリオ女学園入りで許してもらった」という経緯《けいい》の和子は、世話好きで姐御肌《あねごはだ》のところがあり、人見知りする紗理亜を放っておけなかったのが二人を友達にしたきっかけだった。

ちなみに、紗理亜が本来の読み方である「カズコちゃん」ではなく、「ワコちゃん」と呼んでいるのは和子本人が強要したことである。和子の主張によると、「今ドキ、女の子の名前に『子』を付けるなんて、チョーイケてない」という次第で、せめてもの抵抗が呼び名の変更であった。

「あっ……スカート、汚れちゃって。それと……下着は大丈夫かなぁ」

紗理亜がようやく自らの失態の被害に気付いたのとほぼ同時に、和子は全く別の事実に気付いた。

「れれっ？　最近はいつも一緒だった、紗理亜の大事な『お姉様』の姿が……？」

「えっ？　あっ、蓮見先輩のこと？　今日はちょっと……って、ワコちゃん、その『お姉様』っていうのはやめてほしいんだけど」

紗理亜の抗議は完全に無視して、和子は話を進める。

「紗理亜はいいよねぇ。隣りの部屋が『麗《うるわ》しきお姉様』で。アタシなんて左隣は何かというと先輩風ビュービュー吹かすヤな女でさぁ。右隣の方は同級生なんだけど、ブランド自慢ばっかりするバカお嬢様だし」

和子の一方的なマシンガントークに紗理亜がなんとか口を挟むことができたのは、途中で編入してきた円佳がなぜ紗理亜の隣室に入れたのかという話題に和子が触れた時だった。

「そーいえば、紗理亜のお隣りさんも最初は別の……確か……飲酒だか男を連れ込んだかがバレて、放校処分になったんだっけ？　いやー、ラッキーだったよね、紗理亜は」

「ワコちゃん、そんなこと言ったら悪いよぉ」

「でもさぁ、その人がそーならなかったら、蓮見先輩はお隣りじゃなかったわけで……紗理亜はそれでもよかったのかなぁ？」

ニヤリと笑って顔を覗《のぞ》き込んでくる和子に対して、紗理亜は言葉に詰まる。

一種倒錯的《とうさくてき》な『お姉様』の呼称はともかく、紗理亜にとって円佳はやはり大事な人のようだ。

「まっ、放校処分っていえば、紗理亜も危なかったよねぇ。『チビ』っていう名前の男と同棲《どうせい》してるのを寮長に知られちゃったんだから」

「ど、ど、同棲って……！　確かに『チビ』はオスだけど……」

「それでどう？　親戚《しんせき》に預けた『チビ』は元気してる？」

「あっ……う、うん。元気してるみたい」

紗理亜は『チビ』を近くの親戚の家に預けたと偽りの経緯を語り、裕紀のことを和子に明かしていない。妙に勘ぐられて和子にひやかされるのを避けるため……動機はそれだけではないだろう。

その証拠に、「ワコちゃん、急ごう。遅刻しちゃうよ」と話題を変えた紗理亜はその必要もないのに校舎を目指して走り出した。

そして……再び転んだ。ズササ～ッと効果音付き、今度はまるで地面に口付けをするが如《ごと》きうつ伏せの体勢で。

★　★　★

有名私立、公立校が集まる学園都市、ここ咲が丘市においても、聖フェリオ女学園の名は特別なものがあった。

殊《こと》に、若い男性諸氏にとってはそうだ。

女生徒たちの親の多くが高名な政治家や財界人だという事実、つまり逆玉の可能性ありの意味合いもあったが、カトリック系の女子校に男たちはやはり幻想を抱いてしまう。

今時、皆無に近いであろう、純粋培養された本物のお嬢様という儚《はかな》き幻想を。

そういう者たちには一度は覗いてみたい憧《あこが》れの場所、あるいは見なければよかったと後悔する場所、聖フェリオ女学園内の更衣室に今、紗理亜はいた。

「あーっ、そのブラ、可愛《かわい》いね。どこの？」

「ラ・シェリの一点もの、オリジナルデザインなの。それも、ある人からのプレゼント！」

「わぁ〜、意味深！　でも、赤なんて大胆よね。プラス、校則違反よ。『淑女たる貞節を保つため、華美な下着は禁じる』ってのに」

「や〜ん、ナイショよ、ナイショ……って、ショッキングピンクのパンツつけてる人に言われたくないわよ」

姦《かしま》しいクラスメートたちの会話を耳にしつつ、紗理亜は深いため息をつく。

今朝の二度の転倒が示すように、生来の運動神経欠如の紗理亜はこの後に行われる体育の授業は大の苦手《にがて》だ。

しかし、ため息の原因はそこにない。

着替えの途中経過である自らの下着姿を改めて目にして、再びため息の紗理亜。

（私ってブラする必要ないかも。ウチのお母さんは結構胸あるのに、どーして娘の私はこんな、なんだろ……）

紗理亜は体脂肪率の低いスレンダーな自分の体型を「貧相」「子供っぽい」と決めつけ、コンプレックスを抱いている。だから、クラスメートたちとの成長度の違いをまざまざと見せつけられる、この着替えの時間が嫌いだった。そういった考え方こそが実は一番『子供っぽい』のだが、それを自覚するほど紗理亜の精神も成熟していないのだから仕方がない。

紗理亜が三度目のため息をついてブルマに足を通していた頃、クラスメートたちの会話は下着の話題から、とある男性教師への中傷に移行する。

「そうそう、この前、『田中《たなか》』のヤツ、又、更衣室の近くをウロウロしてたのよ。例のジトーッとしたやらしい目つきで」

「ヤダー、ホント？　キモ〜イ。どーしてあんなのがここで教師やってられるんだろ」

「あーっ、私、知ってる！　親とか兄弟が医者でその筋では有名らしいよ。でも、それで本人は教師にしかなれないんだから、程度が知れるわよね」

女生徒たちの槍玉《やりだま》にあげられた男、『田中一《はじめ》』は一年生を担当する数学教師だ。

一言で評するなら、弱きに強く強きに弱い、それが田中という人間である。彼には教職

に携《たずさ》わる者にあるまじき女生徒へのセクハラの噂《うわさ》もあり、その真偽は定かではないが、『分厚い眼鏡《めがね》』『肥満体』『小男』と、如何《いか》にも女の子たちがセクハラしていそうと判断してしまう風体のため、それは根強く生徒間で囁《ささや》かれ続けている。

「セクハラも怪《あや》しいけど、アイツ、この更衣室を盗撮でもしようとしてうろついてたんじゃないの？」

「まさかー！　そんな度胸ないわよ、田中に」

「そーよね。もしも、そんなことしてたらウチのパパに頼んで社会的に抹殺《まっさつ》してやるわよ。それも永久に、ね」

女生徒の一人は冗談のようにさらりと口にしていたものの、それが現実に可能なだけの権力を彼女の父親は有しているのだから恐ろしい。更に、他《ほか》の子たちもそれが当然だとばかりに「うん、うん」と同意した。

要するに、聖フェリオ女学園の生徒の大半はそういう世界の住人だった。

共働きの両親が多少無理をしてこの学園に入学させた紗理亜だけは、その会話の成り行きに目を丸くしていた。が、紗理亜の当面の問題はやはり自らの体型にあった。

（盗撮……そういうのって凄《すご》く気持ち悪いけど、私の身体なんてきっと誰《だれ》も興味ないんだろうなぁ……）

本質から大きくずれた落胆を抱えつつ、更衣室の隅《すみ》でこそこそと着替えをしていた紗理亜の背後に誰かが忍び寄った。

「ほら、ほら、何、いつまでノロノロ着替えてるのよ、紗理亜！」

「ワ、ワコちゃん！　や、きゃあっ！」

誰かとは和子であり、彼女は背後から抱きつくと同時に紗理亜の薄い胸を揉《も》んだ。

「おおっ！　いつ触ってもロリコン趣味の男が泣いて悦《よろこ》ぶ、この感触！」

「う〜〜っ、そんなこと言われてもちっとも嬉《うれ》しくないよぉ」

「まあまあ、アタシも意地悪でやってるわけじゃないんだから。こーして乳腺《にゅうせん》に刺激を与えることで紗理亜の胸の成長を助けてやろうと……」

医学的根拠はこの際問わないとしても、少しも真実味のない和子の口調に加えて背中に当たるその胸のふくよかな弾力が、紗理亜には辛《つら》い。

「やっ、ちょっと、ワコちゃん、お願いだから……」

「ん？　やっぱり紗理亜でも触られるのは、男の手の方がいいのかなぁ？」

「そうじゃなくって！　ほらっ、みんなだってこっち見て笑ってるし……」

紗理亜の言う通り、二人のじゃれ合いは更衣室内の注目を集め、笑いを誘っている。

でも、それは間違っても嘲《あざけ》りの類いではなく、「又、やってるよ」と誰かが洩らしたように極めて好意的な笑いだった。

紗理亜のやや内向的な性格と、聖フェリオ女学園においては平均以下ともいえるその家庭の裕福度からすれば、彼女は本来イジメの対象になってもおかしくはない。

ところが、現実においての紗理亜はマスコット的存在としてクラスで可愛がられている。紗理亜自身はコンプレックスと感じている『子供っぽさ』や『小柄な身体つき』は彼女の大いなる魅力《みりょく》でもあったのだ。

ただし、単に愛玩《あいがん》動物のように可愛がられているだけでもない。

抱きつくのをやめた和子が、今度は軽く紗理亜の肩を叩《たた》いた。

「さぁ！　いつまでも隅っこでイジイジ着替えてないっ！　そんな風に背中丸めてると、成長するものも成長しないよっ！」

両親に愛され、周りの者たちからも好かれてきた紗理亜は、自然と相手を優《やさ》しくさせる雰囲気《ふんいき》を持っている。それゆえに、今の和子の言葉も紗理亜のコンプレックスを見抜いた末の励ましだったのである。

★　★　★

短距離のタイム測定でクラス最低記録ながらも転ばずに完走したことで紗理亜が喝采《かっさい》を浴びた体育の授業、それを終えて再び更衣室に向かう途中の廊下《ろうか》にて、紗理亜はようやくこの日、彼女と巡り会う。

「あら、菊川さん、今、体育だったのね」

和子が言うところの『お姉様』、蓮見円佳との遭遇である。

「あ……蓮見先輩……お、おはようございます……じゃなくって、はい、そうです。体育の授業でした」

会うなりに紗理亜の全身を緊張させてしまう、一つの洗練された美が円佳には存在した。印象的な切れ長の目に代表される、一流の彫刻家が一気に彫り上げたような美貌《びぼう》。腰まで伸びた長い髪は一点の解《ほつ》れもない。窓から射す陽光を一心に集めているが如き錯覚を起こさせる艶《つや》やかさだ。

スタイルは長身のグラマー。肉感系というよりもバランス系なのだが、それでも紗理亜と同じ制服を着ているとは思えない妖艶《ようえん》な魅力を醸《かも》し出している。

「今朝はごめんなさいね、菊川さん。少し用事があって、いつもより随分早く寮を出てしまったもので一緒に登校は無理だったの」

「いえ、そんな……蓮見先輩が謝ることじゃあ……」

円佳の前でひたすら恐縮する、紗理亜。

一緒にいた紗理亜のクラスメートたちも円佳に対する緊張度は同様で、少し離れた場所から遠巻きに二人を見守りながら囁き合う。

「やっぱり、いいよね、蓮見先輩って」

「うんうん、今の生徒会長さんとか三年生にも美人は多いけど、その中でも蓮見先輩はワンランク上よね」

「紗理亜といい、蓮見先輩の『円佳』といい、名前が本人のイメージとバッチリで羨《うらや》ましいなぁ。あ〜あ、なんでウチの親は『和子』なんてネーミングをアタシに……！」

最後の和子だけは論外として、二週間ほど前に編入してきたばかりの円佳がこれほど周囲から羨望《せんぼう》の眼差《まなざ》しを受けるのには訳があった。

それは、つい先日の、週に一度行われる全校集会での出来事だった。

「……今後、校舎屋上への一切の立ち入りを禁じます」

隠れて煙草《たばこ》を吸っている生徒が見つかったせいで、以上のお達しが学園長の口からその場で発表された。

テーブルやベンチが置かれ、憩《いこ》いの場所である屋上を取り上げられることに不満ながらも生徒の誰一人それを口に出せない中、一人の人物が堂々と異議を申し出た。

誰あろう、それは編入して間もない円佳であり、彼女の論旨《ろんし》はこうだった。

「一部の不心得者のせいで全《すべ》ての生徒が罰《ばつ》を被《こうむ》るのは不合理です。けれど、学園という集団に属している以上、ある程度はそれを受け入れるのもやむなしでしょう。ならば、罪を犯した者が自らの罪を反省する意味も含めて、屋上を閉鎖する期限を決めるべきです」

若干の論争の末、遂に学園側が折れ、屋上の閉鎖は一ヶ月間となった。

この事件により、円佳の名前は全校生徒の頭に刻まれた。

美人なだけではなく、頭脳明晰《ずのうめいせき》で実行力と勇気を持つ、尊敬すべき人物として。

……という次第で、中には反発を覚えた者もいただろうが、紗理亜たち下級生から円佳は絶大な人気をもって迎えられたのである。

「……菊川さん、朝、すっぽかしてしまった代わりに、一緒にお昼でもどうかしら？」

「はいっ！　喜んでお受けしちゃいますっ！」

更衣室で着替えを済ませた紗理亜が改めてそんなやり取りを円佳とかわしていた時、ポケットの携帯電話がメールの着信を伝えた。紗理亜は反射的に携帯電話を取り出してその画面を覗く。

「あっ……」

メールの送り主が裕紀だと知って、紗理亜は慌てて携帯電話の表示を待ちうけ画面に戻した。その仕草が却《かえ》って円佳の興味をそそる。

「あらっ、ボーイフレンドから、かしら？　それとも……」

悪戯《いたずら》っぽい笑みを浮かべて紗理亜の携帯電話を覗きこんだ円佳の目に、『チビ』の姿が映った待ちうけ画面が入った。

「可愛い仔猫ね。もしかして、この子がメールを送ってきた、とか」

「へっ？　あっ、違います。この子は前に飼っていた『チビ』といって……」

ほんの軽い冗談にも本気になって否定する紗理亜を見て、とうとう円佳は「ふふっ……」と声に出して愉快《ゆかい》そうに笑った。つられて、紗理亜も「エヘヘ……」と。

そして、紗理亜はまだ『チビ』について円佳に話したことがないのに気付き、その経緯を話す。裕紀に関することだけは、和子に対してそうだったようにやはり隠していたが。

「……ああ、そういえば寮の誰かに聞いたことがあるわ。寮長さんに見つかってしまった時、寮の中でその『チビ』ちゃんが大暴れして大変だったたって話を」

「はぅ～……そうなんです。あの時はみんなに迷惑かけちゃって」

「菊川さんは本当に猫が好きなのね。じゃあ、『チビ』ちゃんがいなくなったのは随分と寂しいんじゃない？」

「はい……でも、その代わりに最近は公園へ毎日散歩に出かけてますから」

「散歩……？　どういうことなのかしら？」

円佳が首を傾《かし》げるのも無理はない。これにはいくらかの説明を要する。

紗理亜の言う公園とは、咲が丘市で一番の広さを持つ中央公園のことだ。聖フェリオ女学園の校舎から歩いて五分くらい、位置的には丁度、寮との中間地点にある。

一般に初歩的なデートコースの一つとして重宝されているその公園は、紗理亜のような猫マニアにとっては周辺の家の飼い猫たちが集《つど》うスポットとして認識されていた。

中でも、最近姿を見せるようになった真っ白な毛の仔猫が紗理亜のお気に入りで、公園への散歩は彼女の日課と化している。

「……まだ毛とかホントにフワフワッて感じで、頬《ほお》ずりすると止まらなくなっちゃうんです。それでちょっと嫌がられたりもしちゃうんですけど、その時の鳴き声がまだ舌足らずで、『ニャー、ニャー』じゃなくって、『ナー、ナー』って聞こえて、それが又……」

猫に関する話では異様に饒舌《じょうぜつ》になる紗理亜であった。

さすがの円佳もその迫力に圧倒されているようで、合間に「いいわね、そういうのって」とささやかに反応を返すだけだった。

そして、しばらく紗理亜教授による猫講座が続いた後、「じゃあ、お昼に又……」という円佳の言葉で廊下での会話は終わる。そう思われたのだが……。

「あっ、菊川さん……」

一旦《いったん》去りかけた足を止めて、円佳が紗理亜に声をかけた。

「はい？　なんでしょうか？」

「今、話していた日課のお散歩はいつ頃にしているのかしら？」

「えっとぉ、別に決めてはいないんですけど、大体、夕食が終わってから寮の門限時間までの間に……あっ、蓮見先輩も今度一緒にどうですか？」

円佳の切れ長の目がスッと微妙な動きで細くなった。

「そうね……じゃあ、いずれ機会があったらということで……いずれ、ね」

そう言うと、円佳は優雅に身を翻《ひるがえ》し、その場から立ち去った。

その颯爽《さっそう》とした後ろ姿に、紗理亜は思わずボーッと見惚《みほ》れてしまう。

後ろから和子が「もしも〜し、聞こえてますか〜!」と何度も声をかけなかったら、次の授業が始まってもまだ紗理亜はそのまま廊下に立ち尽くしていたかもしれない。

それほどに、紗理亜の円佳に向ける憧れは他の下級生たちの感情に比べても群を抜いていた。

自分がこうありたいと望む理想像のように思っている、と言ってもいいだろう。

現に、先程裕紀から届いた返信メールの前に送った紗理亜のメールの内容は円佳に関するもので、そこには……。


《……蓮見先輩は美人でカッコよくてスタイル抜群で優しくて、とにかく完璧な人なんですよ。一つ不思議なところがあるとすれば、私みたいな子に凄く親しく接してくれることかな……》

と、円佳への紗理亜の思いが正直に記されていた。

一方、裕紀から届いた返信メールには……。


【……いい先輩と知り合えてよかったね……】


と、円佳についてはそれだけ触れられていた。

体育の次の授業中にその内容をこっそり確認した紗理亜は、少しだけガッカリし、そしてすぐにそんな自分に驚いた。

(もしかして、蓮見先輩のことを知ったら裕紀さん、嫉妬《しっと》するかも……)

そんなことを心のどこかで考えていた自分に気付いて。

★　★　★

「わわっ！　もうこんなに遅くなっちゃった。猫、見てると時間忘れちゃうんだから、私ってば」

夕焼けになり代わり、公園の処々に設置された照明が辺りを照らす。

その光で腕時計の時間を確認した紗理亜は、腕の中に抱いていた仔猫を名残惜《なごり》しげにそっと芝生の上に下ろした。

そう、紗理亜は円佳に話した日課、公園にいる猫たちに会いに来ていたのだ。

「じゃあ、又、明日ね。バイバ～イ」

ゆっくりと後ずさりながら紗理亜が手を振ると、人語を理解しない仔猫は「にゃ～ご」と鳴き、『どうして？』と言うように首を傾げる。その仕草がいっそう紗理亜をこの場から去りがたくさせたのは言うまでもない。

未練を振り切るため、紗理亜は小走りで猫たちのそばを離れる。

しかし、紗理亜の足は本来公園を出るための最短距離、噴水のある中央を横切っていく経路に向かわない。

理由は、そこがカップルたちの集うデートスポットになっていたからだ。

それと知らずに以前その場所を通ってしまった時、ただ単にベンチに並んで座り囁き合っている男女を目撃しただけで、顔を真っ赤にして一目散に立ち去った経験があるウブな紗理亜であった。

「やっぱり、あの仔猫、可愛かったなぁ。そう思うと、黒と白で色は逆だけど、『チビ』に会いたくなってきちゃうよぉ」

わざわざ遠回りをしているため人気《ひとけ》のない場所を歩かざるを得ない紗理亜は、不安を紛らわせようと思ったままのことを口にした。

その時だった。

「あ……ああ……あぁぁん！」

言葉とは呼べない不明瞭《ふめいりょう》な女性の声が、紗理亜の耳に飛び込んできた。

紗理亜と同年代の女の子ならほぼ全員がそれを喘《あえ》ぎ声だとすぐに理解しただろうが、彼女は違う。

（だ、誰かが身体の調子でも悪くして苦しんでるのかな。だったら……）

勘違いと他人への思いやり、そしてちょっぴりの好奇心が、紗理亜を声のした方向、植え込みの奥へと進ませた。

「あぁん……あっ、はふぅっ！　そ、そこ……そこをもっとぉっ！」

先程よりも言葉として意味のある、明らかにそれがエッチなもの、喘ぎ声だと紗理亜でも認識できた時にはもう淫靡《いんび》な光景が彼女の視界に入っていた。

芝生の上に仰向《あおむ》けで横になった男性の下半身と、それに跨《また》がるようにショーツだけをくるぶしのところまで下ろした女性の下半身が結合している光景……紗理亜の頭にはとても浮かばない用語で言うならば、騎乗位《きじょうい》による青姦《あおかん》セックスであった。

今に至るまでアダルトビデオの類いすら見たことのない紗理亜だ。余りのショックに卒倒しなかっただけマシであろう。

そして……一時のショックから少し立ち直った後も、紗理亜なら当然選ぶと思われた手段、この場から一刻も早く立ち去ることが彼女にはできなかった。

（そんな……ウソ……どうして、蓮見先輩が……）

男性の方は、公園近くの中学校の制服らしきブレザー以外、紗理亜に見覚えはない。

だが、女性は明らかに紗理亜の知る人物、尊敬する先輩、憧れの人、円佳だった。

無理やりその事実を否定しようと目を閉じた紗理亜の耳に、聞き覚えのある円佳の声が、なおかつ今まで聞いたことのない妖艶な響きが突き刺さる。

「あんっ、あっ、ああっ……そ、そうよ、そこを……もっと強く突いてぇ！」

男性の、いや、まだ少年の匂《にお》いを残す声がそれに続く。

「こ、こうですか？　ああっ、凄い……女の人のアソコってこんなに……！」

会話の内容からすると、主導権を握っているのは円佳で、おそらく男の方はこれが初体験なのだろう。その証拠に、騎乗位において下から突き上げられるべき男の腰の動きはど

う見てもぎこちない。

それに比べて、円佳はロデオマシンの達人の如く、巧みでしかも激しい腰使いを見せている。自らの膣内《ちつない》のより気持ちいい部分にペニスが当たるよう狙《ねら》いを定めて腰を落とす。抜く時にもペニスのカリの部分が膣口を刺激するよう、腰の動きが弧《こ》を描いた。

挿入《そうにゅう》されていると言うよりも、むしろ呑《の》み込んでいると言った方が適切だ。恥毛の黒色に映《は》えるが如きに、その陰《かげ》で鮮やかな赤色の充血を示している円佳の肉襞《にくひだ》がその印象を如実に物語っていた。

「んん……いいでしょ、私のナカ……気持ちいいでしょ？」

「は、はい……気持ちいいです。あったかくて、からみついてくるようで……」

「いいわぁ……もっと……もっとイヤらしい言葉で私を辱《はずかし》めてぇ！」

「そのぉ……お姉さんのアソコ、一杯濡《ぬ》れてて……こすれてグチョグチョってエッチな音、立ててます。その様子も丸見えで……」

「もっとぉ！　もっとよぉっ！」

「お姉さんのマ○コが僕のチ○ポを咥《くわ》えて……放そうとしなくて……」

男の拙《つたな》い言葉責めでも充分刺激になったのか、円佳は自らの手で服の下に隠れていた乳房を露出させ、その膨らみを変形させる。

「んはぁっ！　気持ちいいの……気持ちいいのぉおっ！」

新たに加わった胸への愛撫《あいぶ》による快感は膣の締め付けを強くして、男に限界の訪れを予感させた。

「くっ……もう駄目《だめ》です、僕……」

「来て！　来て！　私のナカでイッてぇぇぇっ！」

円佳の要望は叶《かな》えられた。男の「だ、出します～」という情けない声と共に。

「はぁ～……ドクドクって……私の子宮近くまで、ドクドクって白いネバネバした液が注がれてる……」

円佳は絶頂に達していなかったが、膣内射精された事実でそれなりに満足なようだ。

その姿をただ茫然《ぼうぜん》と見つめるだけなのが、紗理亜だった。

(白い液って、たぶんアレのこと……じゃあ、やっぱりこれって……)

性知識に乏しい紗理亜なだけに、当初受けていたショックの大半は『円佳の見てはならない姿を見てしまっている』こと、それに尽きる。

しかし、円佳の最後の呟きによりようやく紗理亜ははっきりと理解した。

自分は初めてセックスを目撃したのだ、と。

その意識が、ストレートに言えば性への興味が、円佳と男が小休止している隙《すき》にこの場から逃げ出すチャンスを紗理亜から失わせた。

「あらっ？　元気がなくなると皮被りに戻っちゃうのね。しょうがない子……あむっ！」

プレイは、円佳が萎《な》えてしまった男のペニスを躊躇なく口に含んだことから再開される。

「んちゅ……んむっ……どう？　フェラチオされるのも初めてでしょ。感想は？」

「さ、最高です。お姉さんみたいにキレイな人が僕のを……はふぅっ！」

男がひたすら感動する一方、紗理亜は地面がグラリと揺らいだような衝撃を受ける。

（女の人が男の人のアレをあんな風にすることがあるのは知ってたけど……まさか、本当に……それも、あの蓮見先輩が……）

我知らずポカンと開いてしまっていた口を、紗理亜は慌てて閉じる。まるで自分も円佳と同じ行為をしていたかのような恐怖に襲われて。

円佳のフェラチオの動きが変わった。直接、口腔内《こうこうない》で刺激を与えては暴発してしまうと推察し、舌先だけで焦《じ》らす戦法に出る。それだけでも男には堪《たま》らないようで、円佳はチラチラと相手の表情を窺《うかが》いつつ、こびり付いた精液を丹念に舐《な》め取っていく。

（えっ……？　今、蓮見先輩と……）

紗理亜は円佳の動いた視線が一瞬、自分のそれと合った気がした。

錯覚と思いたかったが、それは間違いだった。

再び円佳の視線を紗理亜が感じた時、その目は微《かす》かに笑っていたのだから。

（気付かれちゃった……蓮見先輩に私が覗いてるの知られちゃった……！）

パニックに陥りながらも、紗理亜は駆け出した。カサカサと足の下で草が音を立てるのにも構わず、一目散にその場から逃げ出した。

少しして、紗理亜が完全に立ち去ったのを確認すると、円佳はポツリと呟いた。

「ちょっと刺激が強すぎたかもしれないけど……最初が肝心だから」

「へっ？　別に刺激は丁度いいよ、お姉さん。もう少し強くてもいいくらいで」

円佳の呟きが自分へのものだと勘違いした男はまだ気付かない。円佳の表情が『エッチを教えてくれるお姉さん』のそれから、硬く冷たいものへ変わっていたことに。

気づいた時にはもう手遅れで、男は悲鳴を上げていた。

先程まで愛《いと》しげに舐めていたはずの男のペニスに、円佳がガリッと歯を立てたのだ。

激痛に地面をのた打ち回る男の股間《こかん》を、更に円佳は足で踏みつけ、言った。

「……今日のことは全て忘れなさい。いいわね」

凍《い》てついた円佳の視線を浴び、男はただ「うん、うん」と頷《うなず》くしかなかった。

★　★　★

ひたすら走り続けた結果、紗理亜は寮の自室に到着した。

ここまで一度も転ばずに済んだのは奇跡に近い。

ホッとするとすぐに全力疾走《しっそう》のツケが回り、紗理亜は『チビ』をデフォルメしたような黒猫のプリント柄の枕《まくら》めがけてベッドへと倒れ込んだ。

パフッ……！

ふかふかした枕に顔を押しつけ四肢《しし》の力を抜いていると、ほどなくして紗理亜の呼吸の乱れは落ち着いた。しかし、高鳴る鼓動《こどう》は別だ。

「……蓮見先輩……せっくす、してた……」

正しい表現とはいえ、身も蓋《ふた》もない自分の呟きに恥ずかしさを覚え、紗理亜はギュッと目を閉じる。だが、瞼《まぶた》の裏側には公園で目撃した光景がまるで残像のように甦《よみがえ》り、心臓のドキドキは速くなるばかりだった。

(相手の男の人、蓮見先輩のこと「お姉さん」って呼んでたから……あの人は年下の恋人さん……なのかな)

落ち着きを取り戻そうと冷静な分析《ぶんせき》を試みる紗理亜だが、あまり意味はなかった。

(蓮見先輩はなぜ、誰かに見られるかもしれない……現に私が見てしまった、あんな外でしてたんだろう……)

そんな素朴《そぼく》な疑問はもとより、そもそも崇拝に近い憧れの対象たる円佳がセックスしていたことを、紗理亜は信じたくなかった。

それとは別に、高鳴る鼓動と同調するように紗理亜の身体の一部、スカートとショーツに覆われた女の子の部分がジンジンと疼《うず》き始めていた。

(なんだろ、この感じ……)

自分の身に起きた変化を性衝動とは分からない、もしくは認めたくない紗理亜は、もはや布団を頭から被って夢の世界に逃避するしか術《すべ》はないように思えた。

だから、紗理亜はその通りにした。

パジャマに着替えもせず、紗理亜は布団の中で懸命《けんめい》に羊を数える。

眠りに就《つ》く前にたった一つやったことといえば、裕紀にお休みのメールを送ったくらいだった……。

★　★　★

《今日は疲れちゃったので、早めに寝ま〜す。こういうとこって、ホント、私ってまだまだ子供ですよね。では、おやすみなさい、裕紀さん》

紗理亜からのメールを読んで、裕紀は嗤《わら》った。

彫りの深い裕紀の顔に張り付いたその笑みは、紗理亜が『チビ』を預けた際には見ることの叶わなかった、彼本来の表情だ。

「ふっ……まだまだ子供、か。これが初めてセックスを目の当たりにして自らの幼さを再認識した結果だとしたら、一応、効果はあったわけだが」

ここは咲が丘市の一角にあるマンションの一室。

3LDKという広さが不必要に思えるほど、その部屋には生活臭がない。

本来リビングルームとして使われるべきスペースには、デスクと椅子《いす》、TVモニターにベッドがただ無造作に置かれているだけだ。

「まあ、せいぜい、いい夢を見ることだ、紗理亜。さすがに俺《おれ》でも夢の中までは干渉不可能だからな」

そう言いながら裕紀が見つめるTVモニターには、寮の自室のベッドで眠る紗理亜の姿が映っていた。

紗理亜に関しては、おそらく寮の部屋のどこかに隠されたカメラによるリアルタイムの盗撮映像だけではなかった。

デスク上のパソコンの画面には、この日の朝に転んでパンチラならぬパンモロを披露している姿、周りをオドオドと窺いながら更衣室で着替えをしている下着姿、等々、紗理亜のプライベート映像が壁紙としてコラージュされていた。

パソコン内のデータを呼び出せば、そこには紗理亜の詳細なプロフィールも存在する。

例えば、紗理亜のスリーサイズが75・54・81で、血液型がA型である、とかが。

「さて、『眠れる森のお姫様《ひめさま》』はこれくらいでいいとして……用件はなんだ？」

座っている椅子を回転させ、裕紀は壁の隅の方へ視線を移した。

そう、この部屋には裕紀の他にもう一人いたのだ。

先程挙げた盗撮の数々、セキュリティの厳しい聖フェリオ女学園でそれが可能な立場にある女生徒の一人……円佳が。

「その……裕紀様のお力で、菊川紗理亜の隣りの部屋に首尾よく入室を果たしまして……

紗理亜とは知己《ちき》を結び、今では信頼を得るまでに至っています。つまり、紗理亜を落とせる準備が整ったと……」

円佳の正体、それは裕紀の命令を忠実に実行する下僕であった。

今回、聖フェリオ女学園に編入したのも裕紀の命令なら、紗理亜に近付いたのもそうだ。

「そして、今日……裕紀様の御命令に従い、紗理亜に私と行きずりの男とのセックスを見せました。おそらく紗理亜はこのことがきっかけで……」

裕紀の「ドン！」とデスクを叩く音で、円佳の言葉はそこで中断された。と同時に、円佳はビクッと身を竦《すく》ませる。

紗理亜に限らず、聖フェリオ女学園の女生徒たちが円佳の今の姿を見たらさぞかし驚いただろう。円佳は今、明らかに脅《おび》えを見せ、裕紀に向かって哀願するような目つきをしていたのだから。

「円佳、俺はお前がわざわざここに出向いてきた用件を聞いている。そんな報告なら電話で済むはずだ。違うか？」

「いいえ、裕紀様のおっしゃる通りです。ですが、円佳がここに参りましたのは……」

一度は言いよどんだが、円佳は自らの望みを正直に口にする。

「円佳は……円佳は、裕紀様から御褒美《ごほうび》が頂きたいのです！」

「褒美だと？　金ならカードを渡してあっただろうが。必要経費以外にも自由に使っていいとも言ったはずだ」

そっけない裕紀の態度に、とうとう円佳ははしたないおねだりをする。

「円佳が欲しいのは……裕紀様の逞《たくま》しいペニスなんです！」

円佳の腰が悩ましげに揺れる。ショーツを着けていないのか、スカートの下からツーッと愛液の雫《しずく》が腿《もも》を伝う。

「円佳は裕紀様のペニスで清めてもらい……いえ、裕紀様以外の男のモノを御命令とはいえ受け入れてしまった、円佳の浅ましいヴァギナにお仕置きをしてください！」

プライドが高い円佳がここまで口にしても、裕紀は簡単にその願いに答えない。

「ふん……他の男の匂いを漂わせる女を抱く趣味は、俺にはない」

「いえ、それでしたら、ここに来る前に服も身体も……それこそ髪の毛一本一本から足のつま先まで……裕紀様に捧《ささ》げたお尻の穴の奥もキレイに……」

「それだけでは不足だな。膣出しされたザーメンの欠片《かけら》も残さないよう……うん、そうだな。ションベンで全てを洗い流してもらおうか」

裕紀はベランダに通じる窓を開けると、その場所に円佳を立たせた。胸をはだけたブラウスと黒のストッキング以外を剥《は》ぎ取り、その肢体が外からよく見えるような体勢にして。

放尿《ほうにょう》プレイは初めてではないのか、片方の手で秘裂を広げ、もう片方で尿道口を刺激する円佳の顔は、羞恥《しゅうち》の色に染まりながらも表情は陶酔《とうすい》を見せる。

「そうだ、円佳。今、お前が感じている悦びを紗理亜に教えてやれ。要領は分かるよな。俺にどうされたのかを思い出せばいいんだから」

裕紀の言葉による誘導を受け、円佳の脳裏に紗理亜の放尿姿がよぎった。それが引き金となり、円佳も軽いオーガズムと共に……。

シャァアアッ……ジョロ……ジョロ……。

黄金色の飛沫《ひまつ》がベランダのタイルに落ち、一気に身体から力が抜けてその上にペタンと腰を下ろしそうになる円佳を、背後から裕紀が腕で支えた。

しかし、それは助けるための行動ではなく、裕紀は放り投げるように円佳の身体をフローリングの床に押し倒すと、股間の剛直でバックから一気に貫いた。

「あうぅうっ！　んっ、くっ……んんんんっ！！！」

ろくな前戯《ぜんぎ》もなかったのに、その一突きだけで円佳は再びイッてしまった。

構わず裕紀の肉棒は、絶頂による膣の収縮に逆らうよう円佳のナカを蹂躙《じゅうりん》する。

「ひゃうっ！　はぁっ、くふぅ、はぁうっ！　ふぁあああっ！」

紗理亜に覗かせた公園での営みの時とは違い、円佳の口から意味のある言葉は吐かれない。ただ狂おしいまでの嬌声《きょうせい》が上がるのみで、歓喜の涎《よだれ》が床に滴《した》り落ちた。

「ハハッ……学園ではさぞかし澄ました顔をしているだろうに、ションベンの匂いはやっぱり円佳も臭《くさ》いんだよな。垂《た》れ流したマン汁と一緒にあとでちゃんと始末しておけよ」

裕紀のそんな無慈悲な言葉にも感じてしまう円佳だったが、多少被虐的な悦びを覚えることはあっても、断じて彼女は真性のマゾヒストではない。絶対的な服従を誓った裕紀が望むから、円佳はそう反応する。二人はそういう関係にあった。

だから、乳房がひしゃげるほど床に押しつけられても、尻たぶを痣《あざ》ができるくらいに強く掴《つか》まれても、円佳の口からは快楽を訴える喘ぎが出るだけだった。

確かに、裕紀はテクニック、持続力共に同年代の男性とは比べ物にならないくらい優れているし、その男としての持ち物も巨根の部類に入る。が、たとえそうでなかったとしても円佳は裕紀に犯されるのを望んだはずだ。

「ふむ……こっちも出されてはさすがにまずいな。栓《せん》でもしておくか」

おもむろに、裕紀は指を二本容赦なく円佳のアナルホールへ突き刺した。根元まで挿入された指は、すぐに拡張された内部を攪拌《かくはん》し始める。

「ひぎぃぃぃっ！　駄目です……はふぅ、イッてしまい……らめぇ、らめれす……イク、イッちゃいますぅぅぅっ！！」

堪らず、円佳は絶頂の極みへと達してしまった。

力なく床に倒れ伏す円佳とは対照的に、ズルリと秘所から抜かれた裕紀の肉棒はいまだ放出の時を迎えず、天井に向かって屹立《きつりつ》したままだ。

「おい、どうした。もう御褒美はいいのか？」

裕紀の嘲りは、半ば失神しかけている円佳の耳に届いていない。

混濁した意識の中、円佳は返事の代わりに抱いていた疑問、答えは分かっていたものの聞かずにはいられないことをつい口走ってしまう。

「裕紀様……なぜ、菊川紗理亜……あの子でなくてはならないのですか？」

裕紀の顔から嘲笑《ちょうしょう》が消えた。おぼろげな視界で円佳はそれを感じ取る。

「も、申し訳ありません、裕紀様！　今の言葉は聞かなかったことに……」

円佳が予想していた裕紀からの叱責《しっせき》はない。

裕紀はただ無言で、目の前の円佳を通り越してどこか遠くを見つめているかのようだ。

それが円佳には何よりも怖《こわ》い。慌てて直立不動状態の裕紀の身体に媚《こ》びるようにすり寄り、その股間のモノを口に咥えた。

「んくっ、んぐぅぅっ！　んちゅ、んんっ……」

喉《のど》の奥が嗚咽《おえつ》を訴えるのにも構わず、円佳は一心不乱に口唇奉仕を続ける。

しばらくして、裕紀が静かに口を開いた。

「……三日だ」

肉棒を口にしたまま、円佳は「？」と裕紀に視線を合わせる。

「三日で紗理亜の調教を済ませろ。いいな、円佳」

そう命じると、裕紀は意識的に股間のリミッターを解除し、予告なしで円佳の口中に男の精をぶちまけた。

心得たもので、円佳も「はい」と仰せに従う返事の代わりに、ドクドクっと何度も脈動して放たれる精液を全て飲み干す。

聖フェリオ女学園をステージとした、調教という名の遊戯の始まりだった。

第2章　囚われた心

《おはようございます！　今日の『チビ』の様子はどうですか？　私《わたし》は……昨日、早く布団《ふとん》に入ったのになかなか寝つかれなくてちょっと身体《からだ》がダルいです。たぶん裕紀さんの部屋で飛び回ってるはずの『チビ』の元気を分けてほしいです。では、では》

裕紀に朝一番で送ったメールで分かるように、この日の紗理亜は寝不足気味の体調で朝の目覚めを迎えた。

「ふあぁぁぁ……ん～～～～っ！　まだ、眠～い。でも、起きて準備しなくちゃ。今日は苦手《にがて》な体育の授業がないだけラッキーだもん。さっ、まずは顔を洗って……」

殊更《ことさら》にいつもと同じように振る舞おうとする紗理亜だが、ふと気付くと考えていた。

(私もいつかあんなことしたりするのかな……)

紗理亜が考える『あんなこと』とは、昨日目撃した円佳のセックスに他《ほか》ならない。

そのたびに紗理亜はハッと我に返り、ペシペシとほっぺたを叩《たた》いて頭から雑念を振り払おうとする有様だった。

そんな精神状態では円佳と顔を合わせられるはずもなく、紗理亜は罪悪感を抱きながら円佳の目を盗んでこの日も一人で登校する。

外に出ると、天気はぽかぽか陽気の快晴で紗理亜の気も少し晴れた。

「こんな日は、授業なんて出ないでどっかにお出かけしたいなぁ……」

生真面目《きまじめ》な紗理亜にそれは無理な話だろうが、頭の中で夢想するのは自由だ。

(日向《ひなた》ぼっことかいいかも。だったら、やっぱり緑の多いとこで……どうせなら猫も何匹か一緒に……でも、遠出するのは大変だから近場のどこか……そう、公園の芝生の上とかでのんびり……)

そこで快調に歩みを続けていた紗理亜の足がピタリと止まった。

「……公園」

呟《つぶや》いた言葉とシンクロするように、紗理亜の視線の先、車道を挟んだ向こう側には例の中央公園があった。

(やっぱり、昨日、公園で見たのって夢とかじゃなくて……蓮見先輩と男の人が……その、アレ、してたんだよね……)

こうなると、紗理亜の頭の中は日向ぼっこどころではない。円佳が男と騎乗位《きじょうい》でセックスをしていた光景が、ありありと脳裏に甦《よみがえ》る。

(蓮見先輩の胸、大きかった。それを先輩、自分の手であんな風に……暗かったから下の方はよく見えなかったけど、あそこではやっぱり男の人のが蓮見先輩のに入ってて……蓮見先輩、今まで見たことのないエッチな表情してた。凄《すご》く気持ちよさそうに声を……)

回想の中身は、セックスの経験のない紗理亜によるディレクターズカット版だったため、詳細はかなりいい加減だ。それでも紗理亜当人には充分衝撃映像で、急激に喉《のど》が渇く感覚に襲われた彼女はゴクンと唾《つば》を飲み込む。

（それに……最後には男の人が蓮見先輩の中に……出しちゃったんだよね、あれは。そして……そして……先輩は男の人のアレを口で……気持ち悪くないのかなぁ……ないんだろうなぁ。だって、先輩、とっても嬉《うれ》しそうにしてたもん。ペロペロって感じで……）

今の紗理亜には、セックス以上にフェラチオという行為が信じられない。未知の男性器、ペニスへの偏見と潜在的な恐怖のせいだ。

（でも……男の人なら誰《だれ》でも持っているもので……お父さんにも、あの裕紀さんにも……）

父親や裕紀の優《やさ》しい笑顔と、実物以上にグロテスクなイメージのペニスとのギャップに「う〜ん」と悩んでいた紗理亜を、和子が見つけてその肩を叩いた。

「おはよ、紗理亜！　こんな道の真ん中でボーッとしてると……」

「きゃあっ！　わ、ワコちゃん、わわっ……！」

エッチな想像をしていたゆえの動揺が紗理亜を後ずさりさせ、地面に転倒させた。

「……又、転んじゃうよって言おうとしたんだけど……逆効果だったか」

和子の手で助け起こされた後も、紗理亜の不運は続く。

尻餅《しりもち》をついた場所がアスファルトではなく街路樹の根元だったせいで、紗理亜のショーツのお尻の部分は泥まみれだった。

「あう〜っ、どうしよう。今から帰って着替えてたら遅刻しちゃうよぉ」

「分かった、分かった。アタシにも責任の一端はあるから、なんとかしてあげるって。それより、ボーッとして、何、考えてたのよ、紗理亜。もしかして……恋の悩みとか？」

「えっ……！　えっと、あの、それは……」

たとえ一番の仲良しの和子でも、それだけは正直に言えない紗理亜であった。

★　★　★

【おはよう、紗理亜ちゃん。身体の方は大丈夫かい？　寝不足は美容と健康の大敵だよ。『チビ』は相変わらず元気だよ。今日も朝早くから部屋中を歩き回って冒険《ぼうけん》を楽しんでいるみたいだ。紗理亜ちゃんを捜してるのかもしれないね】

裕紀からのメールを、紗理亜は学園の女子トイレ、その個室の中で確認した。

どうしてそんな場所だったのか。その鍵《かぎ》は、紗理亜の手に握られた袋の中身、和子が「紗理亜が転んだのにはアタシにも責任があるから」と貸してくれた替えのショーツにあった。HRが始まる前のこの時間はまだ更衣室の立ち入りは禁じられていたため、ここを臨時の着替え場所とするしかなかったわけだ。

「わわっ！　ラベンダー色のパンツだ！　それに、ちょっと透けてる……」

袋から取り出したショーツの色とデザインに驚きつつも、じっくりと観察を始めてしまうところは、やはり紗理亜も女の子だ。

「ワコちゃん、『それ、勝負パンツのうちの一枚だから…』って言ってたけど……ということは、ワコちゃん、これをつけてるところを誰か男の人に……」

紗理亜の中で、昨日の公園で見た円佳の光景と和子の面影が重なる。具体的には、和子が男の上に跨《また が》って激しく腰を振っている、淫《みだ》らなイメージが。

「あっ……私のバカ！　何、考えてるのよ、もう！」

一度は自分を諌《いさ》めたものの、友人を貶《おとし》めるような想像、言わばタブーな行為は紗理亜のまだ幼い性感を刺激し、身体を熱くする。いつしか紗理亜は無意識にその熱さの中心である秘所の近く、腿《もも》を小刻みにこすり合わせていた。

ガチャッ……と、隣りの個室に誰かが入ってきた音で紗理亜は理性を取り戻し、ようやく本来の目的だったショーツの着替えに取りかかるのだが……。

「あっ……」

脱いだショーツには、お尻の部分にある泥の汚れとは別に、透明な液体によるわずかな染みが付着していた。

紗理亜にも、それをオシッコと間違えないだけの知識はあった。

「私のアソコ……濡《ぬ》れてるんだ。朝からずっとエッチなことばかり考えてたから……」

替えのショーツを着けないまま、つまりノーパン状態でしばらく立ち尽くしていた紗理亜は、なにかに誘われるように洋式便器の上に座った。

「ホントに濡れてるのかな、私……それに、濡れちゃうとアソコってどんな風になってる

第2章　囚われた心

んだろう……」

性への好奇心が暴走し始めた紗理亜はスカートをたくし上げ、利《き》き腕の右手を恐る恐る自らの秘所へ伸ばしていく。

もしも今ここでトイレのドアが開いてその場所に立つ者がいれば、羞恥《しゅうち》と期待に震える紗理亜の表情に加え、薄い恥毛の陰《かげ》で愛液を溢《あふ》れ出す薄桃色の秘裂を拝むことができただろう。それほどに、今の紗理亜の格好は大胆だった。

「駄目《だめ》……お風呂《ふろ》で洗う時もスポンジで……オシッコ拭《ふ》く時だってトイレットペーパー越しで……一度だって直接に指で触ったことないのに……」

自らを制しようとする言葉はそのまま刺激となって返り、新たな愛液を生み出す。

そして、遂に紗理亜の指がジュクッと湿った感触を受けた瞬間、無情にもＨＲの開始を告《つ》げる予鈴が鳴り響いた。

「……！！」

声にならない悲鳴を上げた紗理亜は急いで替えのショーツを身につけ、自分が今しようとしていた行為を記憶から消し去ろうと、脱兎《だっと》の如《ごと》くトイレを飛び出していった。

そのバタバタとした足音を聞きながら、軽く舌打ちする者がいた。

先程、紗理亜の隣りの個室に入ってきた人物、円佳である。

「……まあ、いいわ。思ったより昨日の一件は効果があったみたいだし」

紗理亜の自慰寸前の行為を盗み聞きしていたことで自分も少し濡れているのを知り、円佳は舌なめずりするように乾いた唇を舌で湿らす。

「紗理亜……ちゃんと導いてあげるわよ、あなたを」

★　★　★

《ありがとうございます、裕紀さん。体調を気遣《きづか》ってもらって、とっても嬉しいです。それに、『チビ』が元気って聞くと、なんだか私も元気が》

残念ながら、メールはそこで中断の憂《う》き目《め》を見た。

トイレで着替え中にエッチなことをしてしまいそうになった、自己嫌悪。

他にも、友達《ともだち》の和子の淫らな姿を勝手に想像したこと、公園の一件で円佳と一緒に登校するのを避けたことと、紗理亜の罪悪感は尽きない。

手っ取り早いがあまり勧《すす》められない悩みの対症療法、要するに現実逃避を選んだ紗理亜は手始めに裕紀へメールを送ろうとした。だが、授業中だったのが災いし、教師の田中にそれを見つかってしまったのだ。

そして今……授業が終わった後の廊下《ろうか》で、紗理亜は田中から説教を受けていた。

「……菊川、授業中は携帯電話の電源を切っておくこと……その校則を忘れたのか？」

「い、いいえ。すみませんでした」

「口先だけの謝罪ならいらないな、校則を憶《おぼ》えていて尚《なお》、授業中にメールなんかしていたということは、先生を舐《な》めているのかな？　どうなんだ、菊川！」

ネチネチと紗理亜を責め立てる教師、田中（三十歳、独身）は、以前に更衣室で女生徒たちに囁《ささや》かれていたようにセクハラ疑惑のある人物である。そして、それは疑惑にとどまらず、紛れもない真実だった。今も田中は、ねっとりとした卑猥《ひわい》な視線を紗理亜の身体に送っている。

「菊川、さっきのメールの相手は男じゃないだろうな。だとしたら、これは問題だぞ」

「ち、違います！　あれは、その……」

動揺を見せる紗理亜を見て、田中は内心で小躍りする。

セクハラ・マスターたる田中は、慎重に相手を選ぶ。

特に、聖フェリオ女学園においては女生徒の親がとんでもない権力者の場合があるので事前にその素性を確かめる。次には女生徒当人の性格だ。気が弱い、要するにセクハラのことを口外しないかどうかを見極めた末、ようやく田中は動き出す。

「まあ、次の授業もあるからな……行ってもいいぞ。ただし、放課後、改めて生活指導室に来い。そこでみっちり説教してやる」

どうやら紗理亜は田中のお眼鏡《めがね》にかなってしまったようだ。

か細い声で「はい……」と返事をする紗理亜は、まだ自分の身に迫り来るセクハラの危機に気付いていない。沈んだその表情も、単に教師からのお説教が憂鬱《ゆううつ》だからに過ぎない。

「……菊川さん！　先生に叱《しか》られたくらいでそんなに落ち込んでいたら駄目よ」

廊下でポツンと一人肩を落としていた紗理亜をそう励《はげ》ましたのは、円佳だ。

「は、蓮見先輩！　ありがとうございます……じゃなくって、今朝はその、すいません。一人で登校したのは別に他意があったわけじゃなくて……それは、昨日の夜、見ちゃったからでも……あっ、なんでもないんです、なんでも……」

公園でのセックス目撃事件以来、円佳とはこれが初めての対面という理由から、混乱した紗理亜は余計なことまで口走ってしまう。

「ほら、ほら、落ち着いて。はいっ、軽く深呼吸をして……まあ、その調子ならもうあまりお説教されて落ち込んではいないようね。よかったわ」

「スーハー……スーハー……はい、なんとか落ち着けたみたいです」

深呼吸の効果以上に円佳のいつもの変わらぬ様子を見たことで、紗理亜はホッとした。

（よかった……蓮見先輩、朝、一人で寮《りょう》を出ちゃったこと、怒ってない。それに……昨日の夜、公園で気付かれたと思ったのも私の勘違いだったみたい）

ところが、紗理亜のそんな心の動きも、円佳には手に取るように分かっていた。一度、紗理亜を安心させてからが本番だった。

「話は戻るけど……あの田中先生には注意しなさいよ、菊川さん。編入してきたばかりの私でもあの先生のあまりよくない噂《うわさ》を聞いているから」

「えっ……？　あっ、セクハラの……あれは単なる噂ですよ、きっと」

「でも、火のないところに煙は立たない、とも言うわ。現に、私が前にいた学校でも……」

円佳はいろいろと不安を煽《あお》る発言を繰り返し、その結果、紗理亜の中にセクハラへの恐怖が芽生える。恐怖はオドオドとした態度を呼び、それがセクハラ教師、田中の欲望をいっそうかき立てることになるだろう。

そこまで見通した、円佳の巧妙な戦略であった。

★　★　★

【裕紀様。紗理亜が田中というセクハラ教師に放課後、呼び出されました。あの子の資質を確認するいい機会だと思いますが、どういたしましょうか？】

円佳からそのメールが発信されてから数時間後、放課後の生活指導室に最初から全身を緊張させた紗理亜の姿があった。

「まあ、なんだ……菊川、先生もお前が憎くて叱っているわけじゃないんだ。教育者として教え子が道を踏み外す前に、そのサインというか兆候を見逃さないためにだな……」

言っていることは一応まともだが、生活指導室という密室に紗理亜と二人きりになった途端、田中の目は露骨に好色の度合いを深め、息遣いも「はあ、はあ」と荒くなる。

紗理亜もその異様な雰囲気《ふんいき》を感じ取り、緊張の中、なんとか声を出す。

「せ、先生……私、凄く反省してます。だから、もう許し……」

「いいから、黙って聞きなさいっ！」

目上の者、しかも教師にそう一喝《いっかつ》されると、もう紗理亜には黙るしかない。

そして、田中の口から出た次の質問が更にとどめとなった。

「生徒が道を踏み外すサインというのはな、例えば……服装の乱れだな。菊川、校則にある、『華美な下着は禁じる』をお前はちゃんと守ってるか？」

「は、はい。私はいつも……あっ！」

紗理亜は思い出した。今は、和子に借りた妖《あや》しいラベンダー色のショーツを着けてしまっている事実を。

田中は紗理亜が顔色を変えたのを見逃さない。

「ほぉ、どうやら校則違反のようだな。どんな下着を着けてるんだ？　正直に言わないと先生の手で服装検査をしなくてはならない事態に……」

「その……色が薄紫の……ショーツです。事情があって今日だけは仕方なく……」

服装検査をされるのだけは避けようと、紗理亜は恥ずかしさに耐えてそう答えたのだが、それは田中を助長させる結果となる。

「う、う、薄紫だとぉ！　いかん、いかんなぁ。そんな派手な下着を着けてると、電車の中とかで良からぬことを考える者が……そう、こんな風にだな……」

『良からぬことを考える者』の一人とは、間違いなく田中である。その手は素早く動き、紗理亜のスカートの中に侵入を果たした。

「あ……いやっ……！」

「いや、じゃない！　じっとしてろ！　これは教育の一環であって……おおっ！　確かに薄紫だな。色だけではなく触り心地も……いや、いや、デザインも華美かどうかを……」

田中の手は紗理亜のお尻を撫《な》で回し、すべすべした張りのある感触を堪能《たんのう》する。

紗理亜は細身のため多少ムッチリ感には乏しいが、ロリコンの気もある田中はそれすらも興奮の材料とする。

（うぅ……先生の手、汗でべとべとしてる……気持ち悪い……どうして私がこんな目に合うの……やだ……逃げないと……逃げないと……）

心の中で反復される逃走への意志に反して、初めて男の手で身体を触られるショックから、紗理亜は金縛り状態だった。

辛うじて紗理亜に可能だったのは、そこだけは触れられまいと両手で女の子の部分を必死にガードするくらいだ。その抵抗も実際にはあまり意味がない。

「菊川みたいな大人《おとな》しい子は、世間に出たら色々と大変だからな。今のうちからしっかりと耐性をつけておかないといけない」

秘所は最後のお楽しみにとっておくつもりなのか、田中は適当なことを言いながらそこ以外の部分は触り放題だったのだ。

そして、紗理亜が股間《こかん》をガードしていたのには、貞操《ていそう》観念以外の別の理由、自らの肉体への恐れのようなものがあった。

(今朝、パンツを替えた時みたいに、もしアソコが濡れちゃったりしたら……それを先生に知られたら、私……)

しかし、不安と期待が実は紙一重のものであるのを、紗理亜は知らない。

「ん? どうした、菊川。身体をそんなに震わせて……そういえば、心なしか顔も上気しているようだが……もしかして、お前、感じてるのか?」

「そ、そんなこと……違う……違います」

ブンブンと首を横に振って紗理亜は否定したが、それは無駄な行為だった。実際はどうあれ、田中にセクハラを中止する気は初めからないのだから。

「勘違いするなよ、菊川。先生が今こうしてるのは服装検査であり、その途中でたまたま身体に触れてしまってるだけなんだぞ。だから、次もこうして校則違反のブラジャーを着けていないか、チェックを……」

そう言って、田中の魔の手は紗理亜の胸元に伸びる。身をよじっての紗理亜の抵抗も虚《むな》しくブラウスのボタンは外され、控えめな隆起を包む純白のブラが露出された。

「ふむふむ、ブラは一応校則通りだな。しかし、ちっちゃいオッパイ……おっと、失礼。菊川は見た目通りで着やせはしないタチなんだな。ガッハッハッ……」

コンプレックスである体の未熟さを指摘され、紗理亜は慌てて胸を手で隠す。同時に身体を田中から離そうとしたが、それは腕を掴《つか》まれることで阻《はば》まれてしまった。

「まだ説教は終わってないぞ。ブラはともかくそのショーツは重大な校則違反だ。イコール、不純異性交遊の疑い、濃厚と見た」

「えっ……？　先生、私、そんなことは……！」

「では、先生の質問に一つ答えてもらおうか……菊川、お前はまだ処女なのか？」

「なっ……！」

「どうした？　不純異性交遊をしていないのなら、堂々と答えられるはずだ」

答えは分かり切っているのにあえてそれを当人の口から聞き出す、その趣味の悪い質問は田中の品性の程度を雄弁に物語っていた。

「もしも答えられない場合、遺憾《いかん》ながら、校則違反の下着はこの場で没収だな」

理不尽な要求に追いつめられた紗理亜の選択は一つ。

「あの……私は……です」

「あぁ？　聞こえんなぁ。日頃《ひごろ》から言ってるだろ。もっとはっきりと喋《しゃべ》るように、と」

「……私は……処女、です。だから、不純異性交遊なんてしていません」

羞恥に耐えてなんとかそう口にした紗理亜を、更なる危機が襲う。

「ぐふふ……そうか、分かった。だがな、お前が嘘《うそ》を言っている可能性もある。そこで先生自ら、菊川の処女膜の有無をチェックしてやろう」

「先生がチェックって、まさか……いやあぁぁぁっ！」

一般的なセクハラの概念を超え、田中が床に紗理亜を押し倒そうとした寸前、「失礼します」という声と共に、生活指導室のドアが開いた。

「な、なんだ？　せっかくこれからがいいところ……いや、その……一体、なんの用だ！」

「あ……蓮見先輩……」

懐かしのヒーローの如き絶妙のタイミングで現れたのは、円佳だ。

「こちらに学年主任の武田《たけだ》先生は……あっ、いないようですね。それでは失礼……あら、菊川さん、どうしたの？　顔が真っ青だけど、大丈夫？」

円佳はさりげなく田中と紗理亜の間に移動し、紗理亜を庇《かば》う体勢をとっていた。

「田中先生、菊川さんを保健室に連れていってあげてもよろしいでしょうか？」

口調は丁寧そのものだが、うむを言わせぬ毅然《きぜん》とした迫力が円佳の言葉にはあった。

「いや、待て。まだ生活指導の最中で……」

「生活指導をしていて生徒に倒れられたら、それはそれで問題ではないですか？」

例の全校集会の一件で、円佳が弁の立つのは田中も知っている。その上、もともと気の弱い生徒限定でセクハラしていた、本人も意気地なしの田中である。「分かった。行っていいぞ」と渋々白旗を揚げた。

紗理亜の身体を円佳が支えるようにしながら、生活指導室を出ていく二人の背中に向けて「チッ」と舌打ちするくらいが、田中の限界だった。

それが聞こえたのだろうか、円佳はドアを閉める直前、田中に告げる。

「……田中先生、あまり密室で生徒と二人きりにはならない方がよいかと……特に、なぜかブラウスの前が全開になっている女生徒とは……」

円佳が田中に釘《くぎ》を刺したのは、何も紗理亜のためを思ってのことではない。

セクハラ教師、田中にこれ以上余計なことをされては困る。単にそれが理由だった。

何しろ、円佳の本音の部分では、紗理亜が田中に犯されてボロボロになってしまうのを望んでいなくはなかったのだから。

★　★　★

【円佳よ。紗理亜の反応を見るため、そしてお前に恩を感じるようにするためにも、少し様子を見てから助けてやれ。頃合いはお前に任せる】

まさか円佳が裕紀からメールでそんな指令を受けているとは知らない、紗理亜である。

生活指導室から少し離れた廊下で、紗理亜は円佳に「ありがとうございます」を繰り返していた。

「……案の定だったわね。駄目よ、菊川さん。たとえ相手が先生でも何かされたときは、はっきりと声に出して拒絶しないと。それより、大丈夫？　どこか痛いところはない？」

「大丈夫です。お尻とか触られただけですから。本当にそれだけで……うっ、うっ……」

言葉にしたことで田中から受けたセクハラを思い出してしまった紗理亜は、恐怖から解放された安堵感《あんどかん》もあって、円佳の胸で泣きじゃくる。

円佳はこれを好機と見た。

幼子をあやすように優しく頭を撫でながら、円佳は片手をスッと紗理亜の顎《あご》に当てた次の瞬間、その唇を奪う。

「んぅ……！　んんんん……」

紗理亜にとっては、これがファーストキスだった。

驚いて離れようとする紗理亜を、円佳の舌技が押しとどめる。

「んむっ、んん……んはぁ、紗理亜の唇って思ってたよりも柔らかいのね。ほら、そんなに緊張しないで。せっかくの柔らかな唇が固くなってしまうわ。さあ、力を抜いて……」

一度離した唇を円佳は再度重ねた。円佳の言葉に懐柔されて少しは心の準備ができたのか、先程は開いていた紗理亜の目は閉じられ、自然と腕が円佳の背中に回る。

(蓮見先輩と……円佳さんと私、今、キスしてる……私、初めてなのに……女の子同士なのに……キスって気持ちいい……)

されるがままだった紗理亜の舌が甘えるように何かを求め始めたのを見計らって、円佳は唇を離した。同時に紗理亜の口からは、充足と不満が入り混じった深いため息が洩《も》れる。

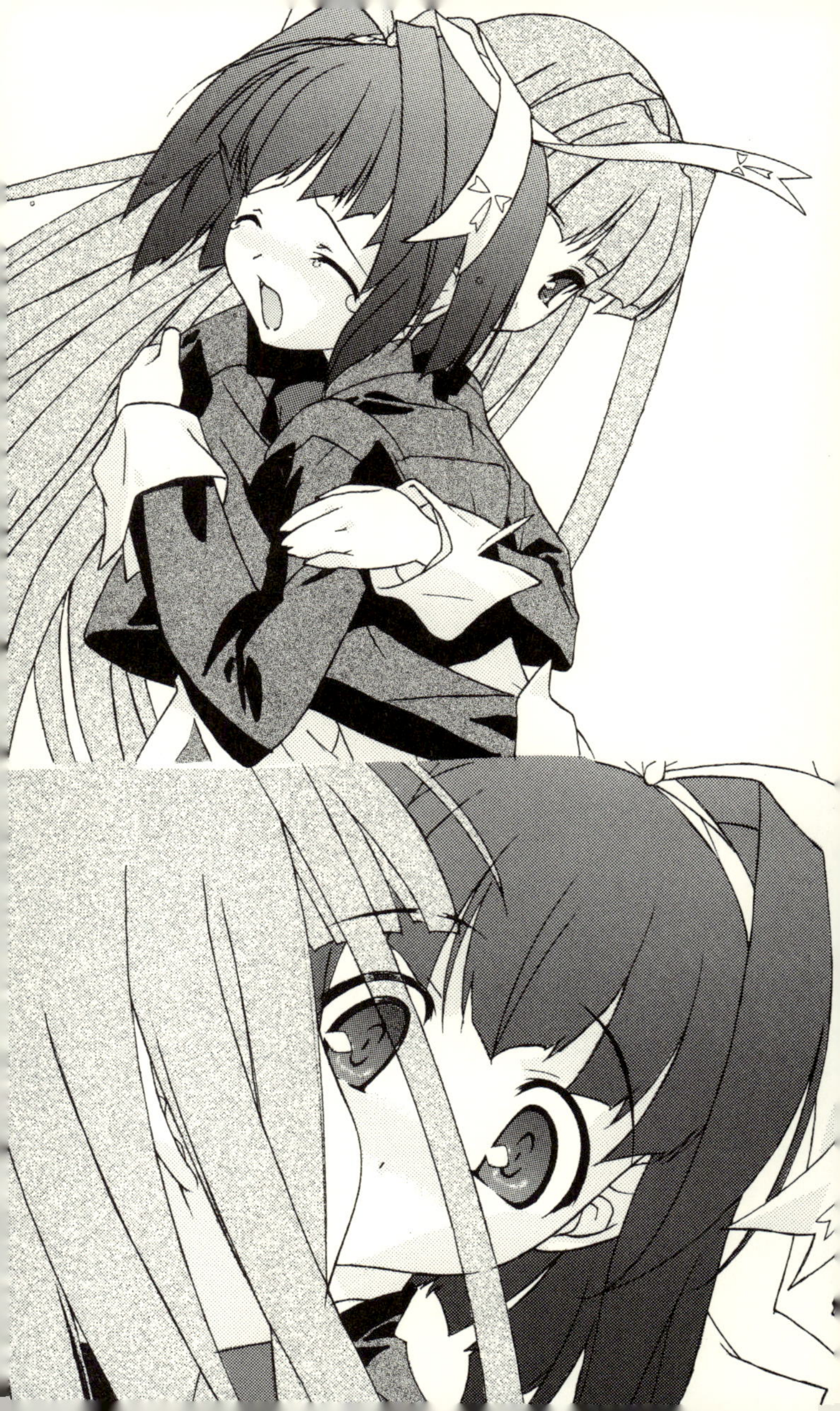

「はぁぁぁ……円佳さん、どうしてこんなことを……キスなんて……」

「うふっ、どうやら涙は止まったみたいね、紗理亜」

「あ……もしかして、円佳さん、私を落ち着かせようとしてキスを……」

「それと、さっきのお礼を貰《もら》った……ってとこかしら。ふふっ」

円佳の笑みに誘われて、紗理亜も微笑《ほほえ》んだ。こちらは、はにかむように。

「紗理亜ってキスは初めてだったんでしょ？　お礼、貰いすぎちゃったかな」

「いえ、そんな……あっ、初めては初めてだったんですけど……円佳さんだったら……」

お人好しの紗理亜は、円佳の突然の行動を全《すべ》て好意的に受けとめる。そればかりか、田中のセクハラから救われたことへの感謝と、キスという甘美な行為のおかげで、紗理亜は円佳を『蓮見先輩』から『円佳さん』と自然に呼び方をより親密なものに変えていた。

対して、円佳が『紗理亜』と名前で呼ぶようになっていたのは、意識的にそうしたものだった……。

★　　★　　★

《こんばんは、裕紀さん。今日はどんな一日でした？　私はというと、いろんなことがあって、とにかく大変でした。まるで自分がドラマの主人公になったみたい……って、ちょっと大げさかな？　それでは、裕紀さん、おやすみなさ～い。あっ、『チビ』もね》

裕紀へのメールには書けない、紗理亜の身に起きた『いろんなこと』とは……。

覗《のぞ》き見してしまった円佳と男の人とのセックスを思い出して、初めて秘所を愛液で濡らしたこと……。

教師、田中から受けたセクハラ行為……。

円佳とかわしたファーストキス……。

一連の出来事は、紗理亜に大きな影響を与えていた。

この日の夜、寮の自室にてそれは如実に形となって現れる。紗理亜がパジャマに着替えてベッドに横になった時だ。

「あっ……今日、散歩に行くの忘れてた」

雨の日以外はほとんど欠かさなかった公園への散歩、猫たちとの大事なコミュニケーションを、今やっと紗理亜は思い出した。

「さっきのメールでも『チビ』のこと書き落とすとこだったし、私、どうかしてるんだろうな、きっと」

昨日に続いて、いや、昨日以上に気が昂《たか》ぶっていて、紗理亜は寝つかれない。

仕方なくゴロンと寝返りを打つと、目の前に壁が迫った。一枚隔てたその向こうには、円佳の部屋がある。

「円佳さん、何してるのかな……もう、寝ちゃったのかな……」

紗理亜は指で唇をそっとなぞる。ファーストキスの感触が甦り、無意識に紗理亜の舌は指に絡みついていた。円佳の舌を求める代わりに。

「キスってあんなに気持ちいいものだったんだ。だったら、きっと……」

初めてのキスの記憶が、初めての自慰へと紗理亜をいざなう。

まずは、パジャマの上からではほとんど平らに見える胸に、唾液《だえき》で光る指が伸びた。

「あの公園での時、円佳さん、自分で触ってた、こんな風に……あふぅっ！　今、ちょっとだけ気持ちよかった。でも、あの時の円佳さんはもっと気持ちよさそうで……」

紗理亜は更なる刺激を求めて、両手で胸の双丘を弄《もてあそ》び始める。まだ愛撫《あいぶ》に慣れていないせいで固さの残る乳房に痛みが走ってしまうこともあったが、それすらも自分以外の誰かにしてもらっているように紗理亜を錯覚《さっかく》させ、新たな快楽を生む。

そのうちに、紗理亜の指は何かの引っかかりを胸に感じた。

「んんっ！　これって、前にワコちゃんが話してたアレだ……興奮すると、オッパイの先っぽが固くなるって……私もそうなんだ……」

乳首の勃起《ぼっき》に気付いてしまえば、もう紗理亜は止まらない。脱ぐ手間も惜しんで下からパジャマをかいくぐった指が直接乳首の固さを確認した瞬間、紗理亜の身体がビクンと跳ね上がった。

「ひゃうっ！　こ、これ、凄い……ちょっと触っただけなのに、身体全部に静電気が走ったみたいで……それに、今朝みたいに又、アソコが……」

紗理亜は股間がじっとりと湿っているのを感じた。

今朝は、秘所が濡れるという現象に対して、紗理亜が感じたのは好奇心と違和感だけだった。

しかし、今は無性に触れてみたい、弄《いじ》ってみたいという衝動に囚《とら》われていた。

「私、そんなにイヤらしい子じゃない。でも……やっぱり……」

結果、紗理亜は一つの妥協点を見つけた。

「……赤ちゃんを作るために、男の人がアソコに触っちゃうのは仕方がないことで……だから、その時のための予行演習として……」

自慰の際に誰か異性の存在を想像するのは至極当たり前なのだが、紗理亜は回りくどい論法の末にやっとそこに辿《たど》りついた。

「えっとぉ……胸を触っていた男の人の手がだんだんと下の方へ……そして、パジャマのズボンを……こんな感じに脱がされちゃって……」

さながら実況中継のような言葉に合わせて、紗理亜はパジャマのズボンをずり下ろす。

まさかその姿がひそかに仕掛けられたカメラに盗撮され、隣りの部屋にいる円佳へ、そして裕紀へと、本当に実況中継されているのも知らずに。

「……腰……太もも……お尻……男の人の手がゆっくり……撫で回して……」

別にわざと焦《じ》らしているつもりは紗理亜にない。まだ秘所に触れるのが怖《こわ》くて迷っているだけだ。

その愛撫がショーツに浮き出た愛液の染みを大きくしたのを見て、紗理亜はカァ～ッと顔を真っ赤にしながらも覚悟を決めた。

「はぁ……はぁ……とうとう男の人の手は……男の人の手は……」

クチュッ……と水音を立てて、ショーツ越しに指が淫《いん》裂《れつ》に沈み込んだ。

それは、紗理亜に甲高い嬌声《きょうせい》を上げさせるスイッチとなる。

「はぁあああっ！　いやぁ、何、これぇ……！　んんんんっ!!」

身体は幼くできていてもそのぶん敏感なのか、紗理亜は早くも軽くイッてしまった。

荒い呼吸の中、紗理亜は自らの秘裂に伸ばしていた指を顔の前に持っていく。イッた直後の霞《かすみ》がかかった頭で

なければ恥ずかしくて不可能な行為であろう、指に付着した愛液の観察を始める。

「ヌルヌルしてる……無色透明だけど、匂《にお》いはある……うっ……絶対、いい匂いとは言えないけど、なんとなくエッチな気がする」

嗅覚《きゅうかく》が感じ取った愛液の香りが、紗理亜に自慰を再開させた。片手は尖《とが》った乳首を中心に胸を揉《も》みしだき、片手はまだポイントが分からないのでショーツの上からヴァギナ全体を軽くこすり上げる、といった調子で。

「ん……あっ……あん……どんどん濡れてくる。パンツがもうエッチな液でビチャビチャに……でも、気持ちよさもどんどん……んはぁっ！」

ショーツ越しに秘裂がパックリと少し口を開け始めているのが分かると、そのスリットに合わせて……クリトリスとその名称は知らなくても、そこが乳首のように固くなってくると重点的に……着実に紗理亜は自慰を学習していく。

「はぁ。はぁ……放課後、田中先生に身体を触られた時は凄くいやだった……でも、あれがもっと別の男の人……そう、例えば、裕紀さんだったら……！」

オーガズムが近付くのを肌で感じた紗理亜は、父親以外の最も親しい男性、裕紀を頭の中に描く。あからさまに表現するなら、今だけは『優しいお兄さん』ではなく、自分の欲望に応《こた》えてくれるオスという存在の裕紀を。

「はあうっ、ああっ！　そうです。もっと、もっと激しく……裕紀さぁぁぁん！」

裕紀の名前を声高らかに叫びながらイク寸前だった紗理亜を、ふいに聞こえたドアのノックク音が押しとどめた。続いて聞こえた、ノックをした者、円佳の声も。

「……紗理亜、今、ちょっといいかしら？」

「ひゃ、ひゃい！　どうぞ……あっ、待ってください、円佳さん。ちょっとだけ……」

突然の来訪者にアタフタする紗理亜は、とりあえず脱ぎかけのパジャマを戻して円佳を出迎えた。

「ごめんなさいね、紗理亜、こんな時間に。でも、部屋の前を通ったら中から声が聞こえたので、まだ起きてるんじゃないかって……もしかして迷惑だったかしら？」

「いいえ、ゼンゼン、円佳さんなら大歓迎です」

紗理亜の言葉はお世辞《せじ》ではないが、全て真実でもない。

事実、絶頂寸前で自慰を中断させられて、紗理亜の顔はまだ上気したままだ。オマケに（声が聞こえたって……私、そんなに大きな声を……）と恥ずかしくなり、紗理亜は赤面どころか耳まで真っ赤になっていた。

「そう、よかったわ。でも、パジャマ姿ってことはもう寝るところだった？」

「いえ……あっ、はい、そうです！　寝ようと思ってベッドに入ったんですけど、なんか寝つけなくて本でも読もうかと……」

「なるほど。さっきの声は本を音読してたのね。ふふっ、紗理亜ったら子供みたいね」

「えっ？　あっ、そうですね。私ってまだまだお子様で……」

紗理亜は自慰をしていた事実を誤魔化《ごまか》し切れたと思っていたが、室内に仄《ほの》かに漂う性臭、不自然なシーツの乱れ、何よりもパジャマのズボンの股間部分にまで滲《にじ》み出しているオモラシの如き愛液の染みにより、バレバレだった。

まあ、もともと円佳は紗理亜の自慰の一部始終をカメラでの盗撮を通して、はっきりとその目で見ていたわけだが。

「ところで、紗理亜……顔、赤いわよ。熱でもあるんじゃない？」

それが自慰による火照《ほて》りの名残《なごり》だと知っていて、円佳はわざとそんなことを尋ねた。

「いえ、その……大丈夫ですから……ゼンゼン、平気です、はい！」

「病気じゃないとしたら……誰か好きな人でもできて、その人のことを考えてたのかな？」

円佳は自分のその質問に紗理亜が顔を真っ赤にして否定するのを予想していたが、現実の反応は違った。

「好きな人……ですか。そこまでじゃないんですけど、一人、気になる男の人なら……」

それを前置きとして、紗理亜は裕紀の存在を円佳に明かす。『チビ』がきっかけとなった出会いの経緯《けいい》から、今は毎日メールでやり取りしていることまでを。

「……実は誰かに裕紀さんのことを話したのって、円佳さんが初めてなんです。自分の気持ちがまだよく分からなくて……ホント、子供ですよね、私って」

「そうね……恋への憧《あこが》れというか、困っていた時に助けてもらったから必要以上に相手を理想化してるのじゃないのかしら、紗理亜は」

自分でも意外と思える言葉が、円佳の口から出た。

裕紀から受けた命令とその目的を考えれば、ここは紗理亜の恋心を煽ってやるのがベストだと理性は告げていたが、円佳の舌は止まらない。

「もしかしたら、向こうも単にウブな紗理亜を一時の暇つぶしとからかってるだけかも。でなければ、紗理亜の身体が目当てとか」

「そんな……裕紀さんに限って、そんなことは……」

「なぜ、『限って』なんて言えるの？　メールのやり取りだけでどうしてあなたにそんなことが……！」

「円佳さん……」

目を見開いて驚く紗理亜を見て、円佳は少しムキになっている自分に気付いた。

「あっ……ごめんなさいね、紗理亜。別に、その裕紀さんという人を悪く言うつもりはなかったの。あなたのことが心配のあまり、つい……」

「いえ、あの……円佳さんに謝られたりしたら……私の方こそ……」

少々気まずくなった雰囲気を変えようと、円佳は最近新しく開店したケーキ屋の話題を振る。紗理亜も「知ってます、知ってます」と返し、裕紀に関《かか》わる話は打ち切りになったと思われたのだが……。

紗理亜の部屋を「じゃあ、おやすみなさい」と去りかけたところで、円佳は紗理亜に背中を向けた状態で言い残していたことを口にした。

「紗理亜……身体が目当てとか酷《ひど》いことを言ってしまったけど……でもね、誰かを好きになるって気持ちは、たとえ相手がどんな人であろうと変わらないものなのよ」

紗理亜はどうして円佳がそんなことを言ったのか分からず、ドアの向こうに消える姿をただ黙って見送った。

（もしかして、円佳さんにも誰か好きな人が……）

紗理亜がそう思い当たったのは、部屋に一人となり少し時間がたってからだった。

一方……円佳は紗理亜の部屋のドアを閉じた瞬間には、もう自分の発言について猛烈に反省していた。

（私、何してるのかしら……裕紀様のことであの子に……まさか、ね）

★　★　★

【円佳よ。紗理亜の記念すべき、ファーストオナニーだ。絶頂へと達するまで見届けろ。その後の対応はお前の判断に任せる】

裕紀がそうメールで命じたのにもかかわらず、円佳は紗理亜の自慰の途中で部屋に乱入した。

その命令違反とも呼ぶべき行動を裕紀が見過ごすはずはなく、深夜、電話で調教一日目終了の報告をしてきた円佳を追及する。

「……詳細は省くが、分かっているよな、円佳。なぜ、俺《おれ》の命令に逆らった？」

『そ、それは……明日以降に行う調教の布石として……』

「慎重に答えろよ、円佳。俺は一日に二度もお前に裏切られて許せるほど、寛大にはなれないからな」

ハッと息を呑《の》む円佳の反応が、電話口から裕紀に伝わる。

『……申し訳ありません、裕紀様。円佳は底の浅い言い訳を口にしてしまいました。本当は……愚《おろ》かな円佳は紗理亜がイッたと勘違いして、それで……。二度とこのような失態はしませんのでお許しを……』

真相は違う。紗理亜が自慰の最中に裕紀の名前を呼ぶのを聞いた瞬間、円佳は頭に血が上ってしまい、気付いたらドアをノックしていたのだった。

たとえその事実を裕紀に悟られていたとしても、円佳は自分が紗理亜に嫉妬《しっと》していたなどとは口が裂けても言えなかった。

「ふっ……分かった。それでは明日も逐一メールで報告しろ。指示は追って出す」

簡潔な言葉を最後に電話を切った裕紀は、円佳の二つ目の嘘もやはり見抜いていた。

（あのクールな円佳が、な……まあ、その方が紗理亜への調教にも身が入るだろうし、不確定要素もたまにはいいか。そう、不確定要素といえば……）

裕紀は、紗理亜から託されている黒猫の『チビ』のことを思い出した。

元来、動物嫌いの裕紀は適当な頃合いでペットホテルにでも預けようと思っていたが、今も『チビ』は身近な場所にいる。紗理亜への調教のため、咲が丘市に最近借りた３ＬＤＫのマンション、そのうちのひと部屋を『チビ』専用に当てている。

猫を飼《か》うのは初めてだったので、裕紀は知らなかった。犬とかとは違って、猫が常に飼い主とは一定の距離を保つ性質があるのを。

それが悪くないと思い、裕紀は『チビ』の同居を許していたのだ。

（まっ、エサだけはやらないといけないのが難点といえば難点だな）

コンビニで猫缶《ねこかん》を買い求める、自分のらしくない姿を思い描いて、裕紀は苦笑した。

「あぐ、むぐっ……ぷはぁ！　初めて見た。裕紀さんがそんな風に笑うとこ……」

ベッドの端に座っていた裕紀の足の間から、全裸の少女がそう声をかけた。

彼女の名は、『麻耶《まや》』。ツインテールの髪形がよく似合う、十六歳の美少女だ。

裕紀に出会う前の麻耶は、古風な表現で言えば、物静かな文学少女だった。

しかし、今の今まで麻耶は飢《う》えに飢え切ったメス狼《おおかみ》の如く、裕紀のペニスにむしゃぶりついていたのだ。裕紀に話しかけるためフェラを中断した後も、左手でペニスの茎部をしごき上げ、右手で玉袋を弄んでいる麻耶は、今や完全なる性奴隷《せいどれい》であった。

「それに……今の電話、円佳さんからでしょ？　やっぱり又、誰かを……あうっ！」

余計なことを言うなとばかりに、裕紀は麻耶のツインテールの髪束を掴んでその頬《ほお》に自らの逞《たくま》しき剛直を押しつけた。

「俺への奉仕に手を抜くなら、今すぐここから出ていけ」

「ご、ごめんなさい。私、そんなつもりじゃあ……」

「麻耶、お前はまだ分かっていないようだな。既に今の俺がお前の存在に何ら執着していないのが。こうして奉仕させているのも、単なる気まぐれだということも」

抑揚に欠けた裕紀の言葉に、麻耶は改めて現実を知る。

そもそも今日このマンションに麻耶が姿を見せたのも裕紀が呼び出したのではなく、彼女の方からなんとか居場所を探し当てた末のことだったのだ。

もはや言葉で謝罪している場合ではないと、麻耶は急いで再開した口唇愛撫で自らの意志を示す。裕紀に教えられた技巧の限りを尽くして。

しばらく部屋は淫らな粘着音と、麻耶の乱れた呼吸音だけに支配される。

先に音を上げたのは、股間の花園から涌《わ》き出た肉汁でフローリングの床をべっとりと濡らし始める、麻耶の方だった。

「お願い、裕紀さぁぁん。麻耶のオ◯ンコを裕紀さんのオ◯ンポで苛《いじ》めてぇ！　裕紀さんのじゃなくちゃ駄目なのぉ！」

「嘘をつくなよ、麻耶。知ってるぞ、お前が最近街で男を引っ掛けては、誰彼構わず股《また》を開いてるのはな。この淫売が！」

「それは……だって、裕紀さんがしてくれなくなったから……前は毎日、私のオ○ンコが壊れるくらいに……」

裕紀が顎で指図すると、麻耶はいそいそと床の上に四《よ》つん這《ば》いになった。

おそらくは裕紀が剃毛《ていもう》を施したのだろう、濡れ光る女性器は丸見えで、麻耶自身の指でそれは更に押し広げられた。

(他の男とヤリまくっているわりには、まだ色も形も崩れてはいない、か。だが、麻耶とはこれで最後だ)

裕紀は猛《たけ》った巨砲に手を添え、その先端を濡れそぼった秘裂ではなく……。

「えっ……そこは違……ひぃぃぃぃぃっ！」

菫色《すみれいろ》の後門、つまり尻の穴を貫かれて、麻耶はドアを隔てた部屋にいる『チビ』がびっくりするほどの悲鳴を上げた。構わず裕紀が腰を動かすと、麻耶の白い背中が激痛に波打ち、脂汗が珠《たま》になって浮く。

「ひぐぅぅっ！　裂けちゃう……お尻が裂けちゃうよぉ！」

排泄孔《はいせつこう》のギチギチとした締まり具合と麻耶の様子で、裕紀は自分の勘違いに気付いた。

(麻耶はこっちはバージンだったか。ああ、そうか。ヴァギナは無視してアナルだけを集

中して開発してやったのは確か別の……まあ、どうでもいいことだな)

初物のアナルを情け容赦なく裕紀が抉《えぐ》っていくうちに、麻耶に変化が起きた。

「あうぅぅ……痛いのに気持ちいい……気持ちいいけど痛い……あの時とおんなじ。裕紀さんにバージン捧《ささ》げた時と一緒……凄いよぉ。はぁうぅぅうっ!」

歓喜の悲鳴のみならず、麻耶は自分から臀部《でんぶ》をくねくねと動かし、より深く裕紀のモノを咥《くわ》え込もうとしていた。

ペニスを通して伝わる刺激は悪くない。むしろ気を付けていないと射精してしまうほどだったが、裕紀の気分は急激に醒《さ》めていく。

(麻耶……か。結局、似ていたのは名前だけだったな)

脳裏をよぎった一人の少女の面影に、裕紀は別の少女を重ねる。

(紗理亜……彼女は違うはずだ。そう、彼女なら……)

第3章　被虐に目覚めて

《おはようございます、裕紀さん。私《わたし》は今日も朝から元気……と言いたいところですが、時間割の中に体育の授業を確認して、ちょっぴりションボリです。でも、ガンバって授業受けてきます！　ファイトです！》

朝。一日の始まりであるこの時間に、紗理亜が百パーセント爽《さわ》やかな気分でいられないのは、何も苦手《にがて》な体育の授業のせいばかりではない。

(昨日の夜、初めて……しちゃった。なんとなく話だけは聞いてた、オナニー……あんなに気持ちいいものだったなんて……でも……)

円佳による突然の来訪のせいで最後までイケないまま眠りについた紗理亜は、いつもより早く目が覚めてしまった。その時から、裕紀におはようメールを送る等、登校の準備を全《すべ》て終えた今に至るまで、紗理亜はずっともやもやとした満たされない気分を抱えていた。

パジャマから制服に着替える際には、つい疼《うず》く股間《こかん》に手が伸びそうになり、懸命《けんめい》に自制したほどだった。

自慰という行為には誰《だれ》しもがどこかしら自己嫌悪を付随させてしまうもので、紗理亜も又、例外ではない。加えて、紗理亜には……。

(自分では隠せたつもりだったけど、大人《おとな》の円佳さんには私がオナニーしてたの分かっちゃってたかも。だとしたら、一緒に登校するの、どうしよう……)

そう考えると、セックスを見てしまった後の昨日以上に、紗理亜は円佳と顔を合わせづらい。かといって二日連続で円佳を避けるのも不自然な行動で、第一、紗理亜は尊敬する相手にそんなことはしたくなかった。

結果として、紗理亜の苦悩は無駄《むだ》に終わる。

「……おはよう、紗理亜。昨日はよく眠れたかしら？」

円佳の方から紗理亜の部屋を訪ねてきて、そのまま「さあ、行きましょうか」と半ば拉致《らち》されるかのように一緒に寮《りょう》を出ていくことになった。

大挙して聖フェリオ女学園の女生徒たちが登校していく中、手を繋《つな》がないまでも紗理亜と円佳は寄り添うように並んで歩く。タイプの異なる美少女二人のその姿を、鬱勃《うっぽつ》たる年《とし》頃《ごろ》の男どもが見たら、さぞやさまざまな妄想が脳内を駆け巡《めぐ》ったことだろう。

その見た目の優雅さとは別に、紗理亜は今にも昨夜の自慰の一件を言い出されはしないかと内心ビクビクもので、まともに円佳の顔が見られない状態だ。

「どうしたの、紗理亜？　さっきからずっと私の顔を見ようとしないで……私のこと避けてるの？　もしかして、昨日のこと……」

円佳の『昨日のこと…』発言に、紗理亜の心臓はドキンと跳ね上がった。

「……廊下《ろうか》でいきなり唇を奪ったから……私、紗理亜に嫌われちゃったかな」

「えっ……？『昨日のこと』ってそのことだったんですね。あっ、そんな……私、円佳さんのこと、ゼンゼン嫌ってなんかいません。それどころか逆に……」

女同士のキスという禁断の行為のせいもあって、さすがにそれ以降の言葉、「好き」とは言えずに紗理亜はゴニョゴニョと語尾を濁した。

「そう、よかった……紗理亜の気持ち、嬉《うれ》しいわ」

誤解が解けて紗理亜が胸を撫《な》で下ろしたのも束《つか》の間《ま》……。

「そういえば、紗理亜、公園で……」

円佳の口から出た『公園』とは、紗理亜にとって一昨日の覗《のぞ》き見《み》のキーワードである。再びビクッとなった紗理亜は、慌てて話題を変える。

「あわわ……あっ、円佳さん、見てください。あの、おっきな雲を！　私って雲一つない快晴よりも、ぽっかり雲が浮かんでる晴れの日の方が好きで……」

「ええ、そうね……こんないい天気の日は公園でのんびりするのもいいんじゃないかって、私も言おうとしたんだけど」

どうやら紗理亜の早とちり……とは限らない。円佳には紗理亜の過剰な反応を楽しんでいるフシが見える。

「雨の日は雨の日で風情があるけど、外でのんびりってわけにはいかないものね。紗理亜は晴れの日と雨の日、どちらが好きなの？」

「私、ですか？　う～ん……どっちもそれぞれ思い出があるし……あっ、どちらかといえば苦手なのは、雨の日です。転ぶと泥だらけになっちゃいますので」

「ふふっ……紗理亜らしい可愛《かわい》い理由ね」

ほのぼのとした空気が流れる中、それ以降は日常的な他愛《たわい》のない会話が続き、今度こそ本当に紗理亜はホッとしていた。

それが嵐《あらし》の前の静けさ、既に自分が円佳の掌《て》の内にあるのも知らずに。

★　★　★

【裕紀様、そろそろ調教を本格的に開始したいと思います。まずは、どのように紗理亜を責めていきましょうか？】


円佳のそのメールに裕紀が返事を出した頃、紗理亜は更衣室にいた。

（あ～あ、早く高等部を卒業したいなぁ。そうすれば、もう体育の授業は……）

その心の呟《つぶや》きで分かるように、紗理亜がコンプレックスを感じる、着替えの時間だった。

「むむむ……あれだけ沢山《たくさん》のダイエット法を試してるのに、又、お肉がこんなに……」

仲良しの和子が下着姿のままお腹《なか》の脂肪を気にしてブツブツと不平を洩《も》らしているのを、紗理亜は複雑な心境でジィーッと見つめる。

（私から見れば、ワコちゃん、ゼンゼン悩む必要ないよ。そんなこと口に出したら、ワコちゃん絶対怒るから言わないけど）

紗理亜の判断は賢明だ。婦女子の場合、どんなにナイスバディになろうとも、ダイエット問題は永遠に突きつけられ続ける命題なのだ。

やがて紗理亜の思考は、和子の谷間が作れる胸やボリュームと丸みのあるお尻《しり》に刺激を受け、やや性的な方向へと傾く。

(ワコちゃんと私を比べたら、男の人はきっとワコちゃんの方を……ワコちゃんはもう男の人と、その……経験あるのかな。少なくてもやっぱりアレは……オナニーはしてるんだよね、きっと)

微妙にある種の熱がプラスされたことで、和子は紗理亜の視線に気付いた。

「ん？　んんん！　紗〜理〜亜、なんなのかなぁ？　アタシの全身を舐《な》め回すようなそのエッチな目つきは」

「えっ……？　ワコちゃん、私は別にそんな風には……」

「ふむふむ、そーいうことだったのか！　紗理亜がアタシに感じていた友情はいつしかラブラブモードに……よ〜し、そっちがその気ならアタシだって！」

「ちょっ、ちょっと、ワコちゃん、何を……きゃっ！」

人の悪い笑顔を浮かべて、和子は宝塚の男役のように紗理亜を腕の中に捕らえる。

「ふっふっふっ……その歳《とし》でそれだけブルマが似合うのは、紗理亜、キミしかいないよ。では、まずは基本中の基本、愛のべーぜから……」

和子にからかわれていると分かっていても、実際に昨日、円佳とキスをした紗理亜にとってその行為は冗談ごとでは済まない。

「わ、ワコちゃん……駄目ぇぇぇっ！」

紗理亜は和子の腕の中から逃れ、そのままの勢いで更衣室を飛び出していった。

「おお、我が愛《いと》しのキミよ。決して逃がしはしないよ！」

「ちょっと、ちょっと、ワコ！　あなた、下着姿で外まで追っかけていく気？」

和子に誰かから冷静なツッコミが入ったところで、それまでクラスメートのお遊びレズ行為に対して固唾《かたず》を飲んで見守っていた更衣室内がドッと沸《わ》いた。

そのクラスメートたちの笑い声をドア越しに耳にした紗理亜の前には、同じように体操服を着た円佳が立っていた。

「紗理亜……今、少し、時間あるかしら？」

「えっ、時間って……円佳さん、私、これから体育の授業で……」

「その格好を見れば分かるわよ。私だってそうよ。でもね、紗理亜も私も今日はお休み。一年生担当の体育の先生にはもう話は通してあるから」

「話は通してある、って……どうして円佳さんがそんなことを……」

戸惑う紗理亜に近付いた円佳は、その耳元で衝撃的な一言を囁《ささや》く。

「一昨日、公園で覗いてたでしょ、私がセックスしてるのを」

「あっ……！　そ、それは、あの……その……」

公園での覗き見を指摘されては、円佳に従わざるを得ない紗理亜であった。

【円佳よ。まずは人気《ひとけ》のない場所で愛撫《あいぶ》を加えてやれ。昨夜のオナニーの件を問い詰めて、精神的な愛撫も欠かすな】

★　　★　　★

裕紀の指令に従い、円佳は体育倉庫を調教場所に選んだ。

体育倉庫の薄暗くホコリっぽい様子と、いつもとはどこか違う円佳の雰囲気《ふんいき》に、紗理亜は不安を隠せない。

「ご、ごめんなさい、円佳さん。私、見るつもりはなかったんです。誰にもそのことは話していません。だから……許してください……」

ここに連れられてきた形の紗理亜だったが、円佳が体育倉庫の重々しい扉を閉じた時からその位置関係は逆転していた。徐々に円佳に追いつめられるように後ずさりした結果、紗理亜の背中に跳び箱が当たり、その進行を止めた。

「別に、そのことで怒ってはいないわよ、紗理亜。だって、あんな場所でセックスしていた私が悪いんだもの」

怒っていない証拠とばかりに、しなやかな動きで素早く紗理亜との距離を縮めた円佳はそのまま唇を奪った。

「んんっ……はぁっ！　いけません、円佳さん。やっぱり、こんなことって……！」

昨日とは違い、さすがに今の円佳に対しては拒否反応を見せ、紗理亜は顔を横に振ってキスを逃れた。あとから見れば、それがこの場における紗理亜の最後の抵抗だった。

「そう……拒むのね。ずるいわよ、紗理亜は。昨日の夜は私のセックスをネタにオナニーしてたくせに」

「なっ……！」

ピーピングの指摘に続く自慰の暴露、紗理亜に与えた効果は絶大だった。

恥ずかしさと罪の意識から、円佳が再びキスを迫るともう紗理亜は拒めなかった。

「んちゅ……んくっ……んん……ねぇ、紗理亜。私だけが恥ずかしい姿を見られたのは不公平でしょ？　だから、紗理亜にも……」

そんな論法を展開させた円佳は、ペロッと紗理亜のぷっくりとした頬《ほお》を舐めると、次に舌先を首筋に這《は》わせる。

「ひゃん！　だ、駄目です、円佳さん……キスだけじゃ……はふぅぅん！」

「こっちこそ、駄〜目。今、言ったでしょ。紗理亜の恥ずかしい姿が見たいのよ、私は。だから、今度はこの辺りを……」

円佳の舌が首筋から鎖骨近辺に移ると、又も紗理亜の口から切なげな喘《あえ》ぎ声が洩れる。

円佳の舌技が巧みだったのは当然だが、昨夜の自慰で覚醒《かくせい》し、なおかつ絶頂まで達しなかった紗理亜の身体《からだ》は今やどこも性感帯と化していた。

ひそかに、円佳の手が紗理亜の体操服の下にあるブラだけを外しに動いた。それを紗理亜には気付かれまいと、円佳は言葉での辱《はずかし》めを同時進行する。

「昨日のオナニーはどうだったの、紗理亜。私のエッチな姿を想像して慰めたら、いつものオナニーよりずっと感じた？」

「そ、そんなこと分かりません。だって……私、あんなことするの初めてだったから……」

「あら、そうなの？　キスもオナニーも初めての対象は私だったなんて嬉しいわ。でも、初めてのオナニーにしては廊下にいた私に聞こえるほどの大きな声で……イヤらしい子」

自分が『イヤらしい子』ではないと否定したい紗理亜だが、ブラを外され体操服をめくり上げられた結果、露《あら》わになった胸では両の乳首が勝手に自己主張をしていた。

「随分と敏感なのね、紗理亜は。触る前からもうこんなに乳首を尖《とが》らせて」

「う、嘘《うそ》……あっ、どうして……」

混乱する紗理亜に今、できるのは、嬌声《きょうせい》を上げないよう耐えることだけだった。円佳の指が乳房を弄《もてあそ》び、円佳の舌が固くなった乳首を転がすに至っても、紗理亜は耐え続けた。

「ふふっ、そんなに我慢しなくてもいいのに。でも、それもいつまで続くのかしら」

円佳は紗理亜のブルマの隙間《すきま》から指を入れ、ショーツの上から秘所に触れた。

「思った通りね。紗理亜の女の子の部分、ヌルヌルしてるわ」

「んっ……んんん……あ、汗です、それは」

「ふぅん……紗理亜は不思議とここだけ汗っかきなのね。だったら……」

円佳は一旦《いったん》ブルマの下から指を抜いて、それを紗理亜の眼前に差し出した。

「これが汗なら少しくらい口に入れても平気よね。さあ……お舐めなさい、紗理亜」

紗理亜には二つの選択肢《せんたくし》があった。あくまでも『汗』だと偽り続け、無理して愛液を舐めるか。それとも……。諦《あきら》めて紗理亜は後者を選択した。

「円佳さん、ごめんなさい。それは汗じゃありません……それは……愛液です」

「そうなの。じゃあ、一つ聞くわ。愛液はどうなったら分泌するものなのかしら？」

「それは……私が感じたからです……エッチな気分になったからです……グスッ、どうして私は……円佳さんは私と同じ女の子なのに……」

レズビアン、女同士での行為にまだタブーの意識がある紗理亜は、自らの反応に戸惑いを感じて涙ぐむ。

飴《あめ》と鞭《むち》を巧みに使い分ける円佳は、この場合、紗理亜

に飴を与える。

「紗理亜……さっきは『イヤらしい子』だなんて言ってごめんなさいね。本当は、私だってそうなのよ。紗理亜を愛撫しながら、私のアソコも……濡《ぬ》れてるの」

「えっ……？　円佳さんも？」

「だからね、恥ずかしがったり隠したりしなくていいのよ。さあ、そこに横になって」

絶対に手の届かない、理想像のような存在の円佳が自分と同じように感じている……その認識が、紗理亜の自制心を決壊させた。

言われるままに、紗理亜は近くに敷かれた体育用マットの上に横たわった。円佳はその紗理亜を背後から横抱きにして再び責め始める。今度は指がブルマに加えてショーツもかいくぐり、直《じか》に紗理亜の濡れた花園に触れた。

「ああっ！　円佳さんの指が……少し怖《こわ》いです……んんっ！」

「紗理亜……もしかして、昨日のオナニーでもここは直接、触らなかったの？」

あまりの切なさに自分の指を口に咥《くわ》えながら、紗理亜はコクンと頷《うなず》いた。

「そうなのね……紗理亜の可愛いオ◯ンコに触れたのも私が初めてということに……」

女性器の卑猥《ひわい》な名称を円佳が口にしたことで、紗理亜の愛液はトロリと粘度を増した。

それを円佳の指が広げるように秘裂へなすり付ける。

「んくぅっ！　あっ、ああっ……ま、円佳さん、私……何か変です。身体が今までよりももっと凄《すご》く……変な感じがしますぅっ！」

「紗理亜、それでいいのよ。素直にその感覚を受け入れるの……どう？　変な感じではないはずよ。さあ、正直な言葉で言うのよ」

「き、気持ちいい……気持ちいいです！　円佳さんにアソコを指で弄《いじ》られて……自分でした時よりも……オナニーよりずっといいですぅぅぅっ！」

遂に、紗理亜は自ら悦《よろこ》んで快楽を認めた。

だが、これはまだ円佳の考えている調教の第一段階でしかない。

だからであろう、紗理亜が絶頂に達しようとするギリギリで円佳は愛撫の手を止め、興奮が冷めかけるとすぐに再開する、といった行程が延々と繰り返され……結局、最後まで紗理亜がこの体育倉庫でイクことはなかった。

それが円佳の目論《もくろ》見通りだったのは言うまでもない。

「……さあ、この辺で終わりにしましょうか」

「はあ、はあ……どうして、円佳さん……私、まだ……」

「どうして、って……もうじき体育の授業を終えた生徒の一部がここにも来るはずよ。だから……ふふっ、なぁに？　紗理亜はまだ物足りないの？」

ズバリとそう指摘され、肯定《こうてい》も否定もできない紗理亜であった……。

★　★　★

《これから円佳先輩とお昼ご飯を食べに行ってきま〜す。円佳先輩のことは前にお話しましたよね。私の憧《あこが》れの人です。と言っても、別に変な意味じゃないですから。では、ちょっと早いですけど、いただきま〜す》

午前の授業が終わると、円佳はわざわざ紗理亜のいる教室まで出向き、「一緒にお昼、食べましょう」と誘ってきた。

時間がたつにつれ、紗理亜は体育倉庫での一件について冷静に（やっぱり、あんなことをしたらいけないよね…）と反省し始めていたので、円佳からの誘いに少し躊躇《ちゅうちょ》した。

その躊躇《ためら》いも、にっこりと優《やさ》しく微笑《ほほえ》みかけてくる円佳に「二人分のお弁当、作ってきたのよ」と言われると、どこかへ飛んでいってしまったのだから、紗理亜の人のよさは計り知れない。

（あれはきっと……ワコちゃんがふざけて私の胸を触ってくるのと同じで……それが、ちょっとバージョンアップしたみたいなもので……）

自分にそう言い聞かせ、紗理亜がトコトコと子犬のように円佳の後ろをついていくと、向かった先は閉鎖されているはずの校舎の屋上だった。

「青空の下で食べれば、私の下手《へた》なお弁当も美味《おい》しく感じられるはずよ、きっと」

「でも、円佳さん、屋上は……鍵《かぎ》もかかってるだろうし……」

「鍵なら大丈夫よ。先生から預かってきてるわ。ほら、私が編入した時にはもう暫定的《ざんていてき》な処置として立ち入り禁止になってたでしょ？　だから、一度見てみたいって特別にお願いしてみたの」

「そ、そうなんですか……」

いくらか疑問を感じないではなかったが、紗理亜も屋上での昼食はピクニックみたいでお気に入りだったので、あまり深く考えないことにした。

「紗理亜の好みが分からなかったから、お弁当は二種類用意してみたんだけど……さあ、御賞味あれ」

屋上に備え付けのベンチに二人は並んで腰を下ろし、円佳お手製の弁当を広げる。

一つはオニギリに和風のお惣菜《そうざい》、もう一つはサンドイッチに洋風のオカズと、手が込んでいた。円佳に気を使って、あるいはどちらも食べてみたいという純粋な興味から、紗理亜は両方の弁当にそれぞれ手を伸ばす。

「どうかしら……美味しい？」

「モグ、モグ……はい！　とっても美味しいです。円佳さん、料理まで上手だなんて、ますます尊敬しちゃいます」

「そんなことないのよ。オカズは出来合いの物が多いし。でも、喜んでもらえて嬉しいわ」

女子校ならではのランチタイムにおける姦《かしま》しい騒がしさも、ここからはほどよいＢＧＭのように遠くに聞こえ、春の陽射《ひざ》しを浴びる穏やかな時間が二人を包み込む。

「紗理亜は本当に美味しそうに、そして幸せそうに食べるのね。あらっ、ほっぺたにお弁当つけたりして。ふふっ、子供みたいよ」

「えっ、どっちのほっぺたに……あっ、駄目です、円佳さん。私についてたご飯粒、そんなパクッと食べたりしたら……」

「そうして、すぐに顔を真っ赤にしちゃうところも可愛いわ。お昼ご飯の代わりに食べちゃいたいくらいよ」

「そ、そんな……私なんて食べても美味しくないですよ。だって、円佳さんと比べたら胸とかペッタンコですし……あっ……」

自分から性的な話題、つまり体育倉庫での一件を思い起こさせるような発言をしてしまったのに気付き、慌てて紗理亜はオニギリを喉《のど》に詰まらせる。

「ほら、ほら、落ち着いて。さあ、これを飲んで」

円佳は、これも彼女が用意してきたドリンクを紗理亜に差し出した。ゴクッゴクッと紗理亜は一気にドリンクを飲み干す。

……と、ここまでが円佳には準備段階であった。強力な利尿剤《りにょうざい》がたっぷり入ったドリンクを紗理亜に飲ませるまでが。

そして、お弁当タイムが終了し、食事後の会話を楽しんでいた時、紗理亜の身体に利尿剤の効果が現れる。

「……それで結局、昨日は公園へ散歩にいけなくて……一日一回は猫の顔を見ないと私って……駄目みたいで……」

尿意を感じていたものの、円佳に対して「トイレに……」とは言いにくい紗理亜は言葉が途切れがちになりながらも我慢した。

「そういうのってあるわよね。日課の他《ほか》にも、予《あらかじ》め決めていた計画とかをきちんとこなせないと居心地がよくないものね」

紗理亜の変調に気付いていた円佳は、滞りなく会話を続けつつ冷静に観察する。今の発言にあった通り、これは円佳にとって『予め決めていた計画』なのだから。

「あっ……！　す、すいません、円佳さん、私、ちょっと……」

通常の尿意とは異なる利尿剤ゆえの強烈なそれに突然見舞われて、紗理亜は慌ててベンチから立ち上がった。

「待って、紗理亜！　どうしたの？　もしかして、又、私を避けてるの？」

「ち、違います。これはその……」

円佳の制止を振り切って紗理亜は屋上の通用口に向かって駆け出したが、両者には運動神経において格段の差があり、すぐに追いつかれた。

「やっぱりさっき体育倉庫であんなことをしたから……私のこと、嫌いになったのね」

「そうじゃなくて……私、実は、トイレに……」

「そんな下手な言い訳で誤魔化《ごまか》されないわよ。大好きな紗理亜に嫌われたら、私……こうなったら、実力行使よ」

円佳の実力行使とは、紗理亜を抱き寄せて強引にキスをすることだった。

「んん……円佳さん、何を……」

「紗理亜が悪いのよ。身体をもじもじとさせながら頬を染めて……如何《いか》にもキスしてってって言わんばかりの可愛い顔してるから」

「駄目です……円佳さん、私、本当にもう……」

腕力も勝る円佳は抗《あらが》う紗理亜の両腕を頭の上で拘束し、その身体を屋上通用口横にある壁に押し付けて動けないようにした。そして、改めて先程よりも濃厚な、大胆に舌を絡ませるキスを開始する。

「んちゅ……んむっ……どう？　このキスの味を紗理亜に教えたのは、私。そして……この気持ちよさだって、私が……」

円佳の指がツツーッと紗理亜の腿《もも》を伝って、スカートの中を目指す。

「あっ……駄目です、そこは……今、そこに触られたら……！」

紗理亜の必死の抗議にも耳を貸さず、円佳の指はお目当てのショーツに覆われた部分、それも狙《ねら》い通り、尿道口近辺にヒットした。キスという行為で下地ができていた紗理亜の身体はそれで一気に力が抜けてしまい、我慢の限界点も突破した。

「あぁぁ……駄目……駄目……いやぁあああああっ!!」

ブルブルッと身体が小刻みに震えた直後、異臭を伴った黄金色《こがね》の液体が円佳の指も含めてショーツを水浸しにした。

「あら……これってオモラシ？　じゃあ、トイレに行きたいってのは本当だったのね」

失禁を見てもさして驚いていない円佳の反応の不自然さに、紗理亜は気付かない。

その時の紗理亜は、人前で排泄《はいせつ》してしまったことによる、例えようもない恥辱に半ば気を失いかけていた。

★　　★　　★

【裕紀様。用意して頂いた利尿剤を使い、私の目の前で紗理亜を失禁させました。予想よりも早く我慢し切れなくなったのを見ると、やはり紗理亜にはMの素質があると考えます。次はその辺りを責めてみます】


失禁のショックで茫然自失《ぼうぜんじしつ》状態の紗理亜を、円佳は『汚れた身体をきれいにする』という名目で学園内のシャワールームへと連れていく。

真の淑女《しゅくじょ》の育成をモットーとする聖フェリオ女学園では、心身の健康と美を養うべく、運動では特に水泳が重要視されている。

二人が今いるシャワールームも、水泳部用と授業用と二つあるプールの内の後者に併設されているもので、そのせいか、円佳は水着姿である。

一方、紗理亜は円佳の手により全く無抵抗で全裸に剥《む》かれていた。まだ放心したまま力なくシャワールームの床にぺたんとお尻をつけてうな垂《だ》れている紗理亜に、円佳はシャワーノズルを向けた。

「ひゃあ！　冷たい……あっ、円佳さん、私、何を……きゃっ、どうして私、裸で……」

自分を取り戻し、今更身体を手で隠す紗理亜に円佳が現状を説明する。

「大丈夫よ、今は午後の授業中だから誰もここには来ないわ。第一、ここはシャワールームなんだから、服を着ている方が不自然よ」

そう言いつつ、円佳はしっかり水着を着けているのだから不条理だ。

「午後の授業中……あーっ、じゃあ、早く教室に行かないと……！」

「待ちなさい、紗理亜。いくらここが女子校で男子生徒がいない環境だからって、まさかあなた、そんなオシッコの匂《にお》いを漂わせて授業に出るつもり？」

「あっ……」

失禁の記憶が甦《よみがえ》ってたちまち朱色を帯びていく紗理亜の全身に、円佳は改めてシャワーの水流を浴びせる。

「まずはオシッコの根源、アソコをキレイにしないとね。さあ、紗理亜、座ったままでいいからこちらに向かって足を広げなさい」

「えっ！　あの、円佳さん……自分でやりますから……」

「何を恥ずかしがってるの、紗理亜。私たち、女同士じゃないの。それに紗理亜がオモラシしちゃったのには私も責任があるわ。だから、ここまで運んでくるのにも私一人で……そう、誰の手も借りず、誰にも話さずに……」

言外に失禁の事実を誰かに話すというやや脅迫めいた色合いがあり、紗理亜は円佳に言われるまま足を広げる。が、それだけでは済まなかった。

「それから……指でアソコを広げるのも忘れないように」

「アソコを広げるって……え～～～っ！　そ、そ、そんなぁ……！」

「排泄器官はとりわけ清潔にしなければいけない場所でしょ。オリモノやオシッコや、そして……とにかく、ちゃんと隅々《すみずみ》まで洗わないといけないわ」

意見は正しいが、処女で自慰すらも覚えたての紗理亜には酷な要求だ。

「ふぅ～、仕方ないわね。じゃあ、私が手で……」

「や、やります！　自分でやりますから！」

円佳の申し出に、紗理亜は慌ててそう宣言してしまった。

「はぁ～～～」と長い嘆息をした後、意を決めて、されど恐る恐る紗理亜は自らの秘所に指を……ゆっくりと開かれた秘裂から薄いピンク色の肉襞《にくひだ》が露出した。夏でも滅多に日焼けをしない紗理亜の白い肌との対比が、いっそう鮮烈な印象を見る者に、この場合は円佳に植え付ける。

「さあ、シャワーを当てていくから、もう片方の手で洗いなさい……そんな感じよ。手を休めては駄目……そう、ヒダヒダも丁寧にね……ほ～ら、どんどんキレイになっていくわ」

円佳の指示を受け、紗理亜は機械的に指を動かし続ける。

「んっ……こうですか……はぁ……何かむず痒《がゆ》いところがあるから、ここも……んんっ！」

冷水から温水へと変わったシャワーの温もりが紗理亜を包み、その思考を麻痺《まひ》させる。

昨夜の初めての自慰に続き、今日の体育倉庫での円佳からの愛撫と、絶頂に届かなかった影響もあって、紗理亜の指の動きはだんだんと自分から快感のポイントを探るように変化を遂げていた。

快楽を援護する目的で巧みなシャワー捌《さば》きを見せていた円佳はその手を止め、紗理亜に自分のしている行為を自覚させる。

「エッチね、紗理亜は。私の前で、オモラシに続いてオナニーまで始めるなんて」

「ち、違います……んぅっ、んはあっ……これはそういうのじゃなくて……」

洩れてしまう喘ぎ声が、紗理亜の言葉に少しも説得力を持たせない。そして、挿入《そうにゅう》しないまでも秘裂の筋に沿ってクチュクチュと往復するその指も、少し白く濁り始めた愛液の分泌も止まることはなかった。

「ふふっ、紗理亜って嘘が下手ね。誰かに見られながらするのって感じるでしょ？　私もそうだったわ。公園で紗理亜に覗かれていると分かった時、凄く気持ちよかったのよ」

「そ、そんな……あふぅ、んんっ……私は……そんなヘンタイさんじゃあ……」

「ヘンタイさんなんて酷《ひど》いこと言うのね、紗理亜は。でも、見られて感じたのは本当よ。公園の時だって、私、そのせいでイッちゃったんだから」

あからさまに告白しながら、円佳は紗理亜が弄り続けている秘所へと顔を近付け、クンと鼻を鳴らした。

「……もうオシッコの匂いは消えたわね。その代わりに……」

「イヤッ！　そんなとこの匂いを嗅《か》ぐなんて……やめてください、円佳さん」

「だったら、イキなさい、紗理亜。屋上でオシッコを我慢して、我慢して、我慢して……そして洩らしちゃった時はちょっと気持ちよかったはずよ。今度も同じ要領。私に見られるのが恥ずかしくて、恥ずかしくて、恥ずかしくて……それでもイッちゃいなさい！」

放尿と露出、二つの被虐の悦びを経験させる、それが円佳の今回の目的であり、もうじき結実する。

「あっ、あっ、何か来る……怖い……イヤッ、イヤッ……イヤァアアアアッ！！！」

秘裂からピュッ、ピュッと愛液を噴き出しながら、紗理亜は初の絶頂を経験した。

その姿は、冷静に観察していたはずの円佳の興奮をも呼び覚ます。水着の胸の部分を乳首の突起が押し上げ、今すぐ股間を弄りたい衝動が円佳の身体を駆け巡る。

予期せぬ興奮は、円佳に予定外の行動を取らせる。一旦、着替えの置いてある場所に向かった円佳はそこから一つの性器具を持ち出した。

　イボ付きの黒光りする太いバイブレーター……円佳が欲情を向ける対象はやはり裕紀の屹立《きつりつ》した肉棒であり、そこから連想した結果がそのグロテスクな物体だった。

　ただし、使うのは自分に対してではない。円佳は絶頂の余韻でまだひくついている紗理亜の膣《ちつ》の入り口付近にバイブをあてがった。

「きゃっ！　な、なんです、それ……男の人のアレに似てるような……」

「初めて見るのね。バイブっていうの。こうスイッチを入れると……」

「わあっ、動いてる！　変っていうか、ちょっとだけ可愛いっていうか」

　紗理亜がバイブに好奇心をそそられたのはそこまでだった。

「このバイブはね、女の子がオナニーする時に使う道具なのよ」

「えっ？　ということは……それをアソコに……」

「そういうこと。だから、これで紗理亜の大切なもの、貰《もら》っちゃおうかなぁ」

　一瞬、「はぁ？」と間抜けな声を出して円佳の言葉の意味が分からない紗理亜だったが、ブブブ……と音を立てて蠢《うごめ》くバイブに処女膜を破られる、恐怖の光景がその頭に浮かんだ。

「や！　やめてください。お願いします、円佳さん。それだけは……！」

「どうして？　怖いの？　痛いのは最初だけよ。これを使えば今まで以上の快感が……」

「いえ、あの……怖いのもあります。それと……女の子の大切なものは……初めては一番好きな人にあげなさい、ってウチのお母さんが言ってましたから……」

「そう……お母さんが、ね……」

前もって「絶対に処女は奪うな」と裕紀から厳命されていたので円佳も本気ではなかったのだが、心のどこかには紗理亜の処女をバイブで無惨に散らしてやりたい願望もあった。だからであろう、拒絶した罰《ばつ》として紗理亜に言い渡す次の言葉も、調教のための演技抜きでさらりと口から出た。

「せっかくの私の厚意を無にするような子には……罰として明日までオナニー禁止よ。紗理亜は守れるかしら、この約束が？」

「ま、守れますっ！　私、そんなエッチな子じゃあ……」

「さあ、それはどうかしらね。ともかく、もしもこの約束を破るようなことがあったら、今度こそこのバイブで……分かるわよね？」

なにかを期待するような目つきの円佳に対して、紗理亜もしっかりと首を縦に振った。

初めて知った絶頂感、頭の芯《しん》がクラクラするような刺激とはいえ一日くらいは自慰を我慢できる……紗理亜はそう考えていたのだったが、その日の夕方に起きた些細《ささい》な出来事が彼女の確信を揺らがせる……。

★　★　★

《裕紀さん、私、ちょっと今、戸惑ってます。憧れてた円佳先輩が思ってた人とは少

し違うような気がして……私、凄く混乱してます。だから、メールもこんな感じになっちゃって……ごめんなさい》

そんなメールを裕紀宛《あて》に送ってしまい、直後に激しい後悔に苛《さいな》まれた紗理亜は、気晴らしと趣味的な実益も兼ねて、寮の部屋に帰るやいなや制服を着替えもせずに公園への散歩に出かけた。

「フッフ～ン……ネコ、ネコ、仔猫《こねこ》、親猫も♪　今日も元気にしてるっかなぁ♪」

少しでも気分を明るくしようと、オリジナルソングを口ずさみながら公園に足を踏み入れた紗理亜には、思わぬ人物との再会が待っていた。

「……やあ、やっと会えたね、紗理亜ちゃん。前にメールで散歩のことは聞いていたから、偶然の出会いを期待して暇を見つけてはここに立ち寄ってた甲斐《かい》があったな」

それは、言葉とは裏腹に円佳から紗理亜が公園に向かったと報告を受けて出向いてきた裕紀だった。

突然の出会いというインパクトですぐに言葉の出ない紗理亜に代わり、「ふにゃあ」と彼女にも聞き覚えのある鳴き声が裕紀のそばから飛び出した。

「おっ、『チビ』も嬉しそうだな。さあ、御主人様に向かって突進だ。それっ！」

裕紀の腕の中からぴょんと地面に降り立った『チビ』は、そのまま紗理亜のもとへ。

「『チビ』！　元気だった？　あっ、それに裕紀さんもお変わりないようで……」

「おいおい、酷いなぁ。僕は『チビ』のオマケかい？　ご心配なく。『チビ』は元気すぎて困るくらい元気だよ。ついでに僕も、ね」

「す、すいません！　オマケとかついでとか、そんなことゼンゼンないです。私にとって裕紀さんは……大切な存在で……それは『チビ』とは又、別の次元のものであって……」

自分の迂闊《うかつ》な発言に、そして心の内に隠している想《おも》いまで打ち明けそうになる失言に狼狽《ろうばい》しつつ、紗理亜は裕紀と出会えたこの偶然を神様に感謝する。

断じて『偶然』ではないのだから、本当に神様がいたとしたらさぞ困惑するはずだ。

裕紀の誘いで、二人は近くのベンチに腰を下ろす。並んだ二人の間に紗理亜が『チビ』を置いたのは、一種の照れの表現だったのだろう。

しばらくは最近見たＴＶ番組の話等、会話することにだけ意義のあるどうでもいいような話題が続いたが、裕紀の口からつい先程紗理亜が送ったメールに関しての話が出た。

「返信、まだだったよね。その……紗理亜ちゃんが先輩のことで悩んでるって内容だったけど」

「あ……あれは……ごめんなさいっ！　あのメールの件は忘れてください！　私、あれを送った時はちょっとどうかしてたんです。だから……」

紗理亜の懇願《こんがん》を、裕紀は「分かった。忘れるよ」と受け入れたが、その言葉にはまだ続きがあった。

「まあ、これは単なる僕の独り言として聞き流してくれていいんだけど……人と人との出会い、って先入観があったり第一印象に拘《こだわ》ってるとなかなか難しいものがあるよね。そこが面白いとも言えるんだけど」

「裕紀さん……」

「例えば、僕と紗理亜ちゃんとの出会いだ。もしも先入観があったら、初めて会った僕に紗理亜ちゃんだって大事な『チビ』は預けなかったんじゃないかな……そういうことさ」

しっかり紗理亜を騙《だま》しておいてヌケヌケとそんなことが言えるのだから、裕紀は怖い。

「……そうですよね。私が勝手に円佳さんのイメージを自分で作っておいて、それとちょっと違うからって一人で勝手に混乱して……ありがとうございます、裕紀さん」

「紗理亜ちゃん、別にお礼なんて言う必要ないよ。言っただろ、単なる独り言だって」

「あっ、そうでしたね。うふふっ……」

素直に裕紀のアドバイスに感謝して、紗理亜は顔を綻《ほころ》ばせる。

だが、裕紀の方はアドバイスするためにわざわざ出向いてきたわけではない。メールの交換と円佳からの報告だけでは分からない紗理亜の様子を窺《うかが》うのに加えて、円佳の施している調教を援護する目的があった。今からそれは開始される……。

「でもね、紗理亜ちゃんに対する僕の第一印象は当たってたな」

「えっ……」

トクンと小さく紗理亜の胸は高鳴り、乙女心《おとめごころ》がざわつく。

「紗理亜ちゃんの存在って凄くホッとするんだ。ほら、最近の女の子っていろいろと進んでるっていうか奔放《ほんぽう》っていうか、僕は苦手なんだよね。それに比べて、紗理亜ちゃんは無邪気で純粋で……少し言いすぎかもしれないけど、僕にとっては理想の女の子……かな」

歯の浮くような、という形容詞がまさにピッタリな裕紀の褒《ほ》め言葉……そう、褒められたはずなのに、紗理亜の中に芽生えていた期待感は消え、逆に彼女は心苦しくなった。

「……そんなことないです……私は……私だって……」

口の中で呟かれた紗理亜の否定を意味する言葉を、裕紀はわざと聞こえないふりをする。

「えっ？　紗理亜ちゃん、今、何か言った？」

「いえ……なんでもないです」

純粋だ、理想だと過剰に褒め称《たた》えることで、円佳の手により急激に性の快感に目覚め始めている自分に気付かせる……それが紗理亜に仕掛けた裕紀の罠《わな》だった。

それにまんまと引っかかってしまった紗理亜は、まだ本当はもっと裕紀と話がしていたいのに、『チビ』ともっと遊んでいたいのに、「用事を思い出したので…」と見え見えの嘘をついて公園を立ち去った。遠くなっていく後ろ姿を見送りながら、裕紀が呟く。

「……どうやら心と身体のギャップに悩んでるようだね、紗理亜。でも、もうすぐ君は悩まずに済む。俺《おれ》のものになれば……」

日が沈みかけ、まだ照明が灯《とも》らない僅《わず》かなタイムラグは公園に闇《やみ》を作る。

それよりも尚《なお》暗い笑みを、裕紀は顔に浮かべていた。

★　★　★

【裕紀様。紗理亜の仕上がり具合は如何《いかが》だったでしょうか。私の方の進行状況を説明しますと、オナニー禁止の命令を出しました。おそらく守れずに紗理亜はオナニーをすると思いますが、その際のお仕置きは如何致しましょうか？】

はたして、裕紀に送ったメールの内容にあった円佳の予想通り、紗理亜は禁を破って自慰をしてしまうのだろうか……？


公園を逃げ出して寮に戻った紗理亜は、夕食も摂《と》らず自室に閉じこもっていた。

(私は、裕紀さんの思ってるような女の子じゃない……ゼンゼン、純粋なんかじゃないもん。今日だって、円佳さんの前であんな恥ずかしいことを……)

屋上での失禁や、シャワールームでの自慰披露《ひろう》の記憶が紗理亜の頭をよぎる。裕紀がそのことを知ったら絶対軽蔑《けいべつ》するだろうと思うと、紗理亜は腰掛けていたベッドの上の枕《まくら》にパン、パンと頭を打ちつけた。

「あっ……こんなことしてたら、制服がシワになっちゃう」

慌ててベッドから起き上がった紗理亜は私服に着替えようとして、自分がナマ足でストッキングを履いていないのに気付いた。

失禁のせいで汚れてしまったのは幸いショーツとストッキングだけで、紗理亜は一昨日転んで和子に借りる破目になった経験から下着の替えは常時携帯していたが、ストッキングは持っていなかったのだ。

ちなみに、汚れたショーツとストッキングは捨てようか捨てまいか迷った末、件《くだん》のシャワールームで軽く水洗いした後、今は部屋の洗濯物用のカゴに持ち帰った時の袋詰めのまま放り込まれていた。

失禁の証拠たるその現実は、おぼろげな記憶よりも確実に紗理亜の心を蝕《むしば》む。

(私……やっぱり円佳さんの言うように『イヤらしい子』……エッチなのかも……)

紗理亜の落ち込んでいたブルーな気分は、やがて自らを貶《おとし》めたいという自暴自棄《じぼうじき》へ至る。

「そうなんだ……私はエッチでインランな女の子で……円佳さんとの約束、たった一日のオナニー禁止も守れないような子で……」

自らを洗脳するようにそう呟いた紗理亜はそれに相応《ふさわ》しい行動を……再びベッドに横たわり、感じる部分に指を伸ばす。そう、禁じられた自慰の始まりである。

裕紀の期待を裏切る……円佳との約束を破る……重なった罪悪感が刺激となり、すぐに紗理亜の乳首はツンと固く尖り、股間からはクチュクチュと淫《みだ》らな水音が聞こえ始めた。

自慰を覚えてからまだ二日目にもかかわらず、円佳という専任コーチのおかげか、紗理亜の指技は格段に進歩していた。早くもブラが外された胸では、乳首が指でクリクリと転

がされ、時にはそれをやや乱暴に摘《つま》み上げるといった行為も混じる。

「あはぁっ！　ちょっと痛いけど、これ、いい。先っぽがジンジンしてくるぅっ！」

下半身の方も、ショーツを脱いで自らの濡れた秘所を直視するのは避けていたが、やはり指を直接触れさせ、淫汁《いんじゅう》にまみれさせていた。処女膜を傷付ける危険性を思ってか、愛撫はクリトリスが中心となって行われる。

「これって皮を被《かぶ》ってるみたいだけど、その上からでも……くふぅぅん！　少しこすっただけでも、乳首より凄い……なんかオシッコ洩れちゃいそうなくらいに……」

オモラシではないが、激しい愛撫と大量の愛液によって、ベッドのシーツには小さな水たまりができる。その恥ずかしい汚れに気付いても、紗理亜の手は止まらない。シーツをグシャグシャに乱しながら、ベッドの上でくの字になって身体を弄り続ける。

しかし……。

快楽に打ち震える紗理亜の中の客観的部分に疑問が生まれた。

（どうして、シャワールームの時みたいに頭が真っ白になっていかないんだろう……）

さまざまな複合的要素があり、何よりも円佳の策略で初めての絶頂感を極めて短時間の自慰で経験してしまった紗理亜は、そういうものだと勘違いしていた。そのせいで最も短絡的な結論を出してしまう。

（あの時は円佳さんがいた。それに、円佳さんは誰かに見られると感じるって……もしかして、私も見られてないと駄目なの？　見られて感じる、ヘンタイさんなの？）

自らを『ヘンタイさん』だと認める意識が、被虐の快楽となって紗理亜に注ぎ込まれる。

それが又、先の結論を強化することにもなり、皮肉にも紗理亜を絶頂に近付ける。

「あぁぁ……この感じ……イッちゃうって円佳さんが言ってたアレだ……くぅ……んっ！」

紗理亜がもう少しで達しそうになった時、又しても横槍《よこやり》が入る。

「紗理亜、いるの？　夕食も摂らないで何を……」

如何にも偶然訪ねてきたような口調で紗理亜の部屋に入ってきたのは、円佳だ。

当然、円佳は隣りの部屋から盗撮映像で紗理亜の自慰する姿を確認し、満を持して登場したというのが真相である。

尤《もっと》も、紗理亜が自慰をしない事態も考え、その時のために即効性の媚薬《びやく》まで用意していた円佳としては少々拍子抜けだったかもしれない。

「あ……ま、円佳さん……！」

「何をしていたのかしら、紗理亜。あらっ、シーツが乱れてるわねぇ。それに私が入ってきた時、随分と賑《にぎ》やかだったけど……なんとなく、昨日の状況と似ているのはなぜかしら」

ノーブラで服が半脱ぎ状態の紗理亜を見れば何をしていたかは一目瞭然《いちもくりょうぜん》だったが、円佳はあえてそれを無視するのだから意地が悪い。

「まさか、紗理亜、あなたは……いいえ、そんなはずはないわよね。昼間、私は言ったもの。明日までオナニーしては駄目だって」

ところが、ネチネチとした口撃《こうげき》を円佳から受ける紗理亜の方は昨日のように誤魔化す気は最初からなかった。裕紀の気持ちを裏切ったと思い込んでいる紗理亜は、あえて円佳の怒りを買うことで自分に罰を与えるつもりだった。

「……ごめんなさい、円佳さん。私、どうしても我慢できなくて……オナニーしてました」

「えっ……？　あのぉ、紗理亜……？」

あっさり白状した紗理亜に、今度こそ本当に円佳は拍子抜けする気分だ。

円佳の予定では、自慰していた事実をなかなか認めない紗理亜をじりじりと追いつめていき、怒りに任せたフリをしながらロープで拘束して責めるつもりだったのだ。

そこで、円佳は臨機応変に調教方針を変える。

「紗理亜……あなた、やっぱり私のことが嫌いなのね」

てっきり怒られると思っていたので、今度は紗理亜が拍子抜けする番だった。

「だから、なんでしょ。私のこと嫌いだから、私との約束なんてバカバカしくて守っていられないんでしょ」

哀《かな》しげな表情をたっぷりと見せつけた後、スッと顔を伏す円佳に紗理亜は戸惑い、そして慌てる。

「円佳さんのこと嫌いだなんて……私、そんなこと一度だって……！」

「嘘ばっかり……だったら、証明してみせてよ」

「証明？　証明って言われてもどうすれば……」

「私のことが本当に嫌いじゃないのなら……私をイカせてくれる？　私のことが好きならできるわよね？」

この状況で紗理亜が「ＮＯ」と言えるわけはなく……一糸纏《まと》わぬ姿となった二人はベッドの上に腰を下ろした形で相対する。

初めて間近に見る円佳の裸体の美しさに圧倒され、紗理亜は言葉が出ない。

（円佳さん、凄い……ただスタイルがいいだけじゃなくて、色っぽいっていうのかな。なんか見てるだけで、アソコがムズムズしてきちゃう）

口火を切ったのは、やはり円佳の方だ。

「紗理亜、それじゃあ、お願いね」

「は、はい。えっとぉ……何から始めたら……」

「自分がどうされたら気持ちいいか、それを考えながらやってみて」

円佳に促され、紗理亜はおずおずとした手つきで円佳の身体に触れていく。

（私の気持ちいいとこっていえば、まずは……）

貧乳のコンプレックスがあるため、どうしても視線がいってしまう円佳の胸に紗理亜は第一種接近遭遇を試みる。

「……こう、ですか？　やっぱり、右と左、両方とも触った方が……？」

「好きにしていいわよ。でも、できたらもう少し強く……んんっ、そう、そんな風に……」

一度、掌《てのひら》で揉《も》み始めると、自分の胸とは段違いの柔らかさと弾力に紗理亜は夢中になっていく。そして、ムクリと円佳の乳首が頭をもたげたのを目にした時には、自分がそうしたのだと思うと無性に嬉しくなった。

「円佳さんの胸の先っぽ……凄く固くなってます。まるで、イチゴ味のグミみたいに」

「紗理亜だからよ……紗理亜が触ってくれてるからこんなに早く……あぁぁん！」

円佳の敏感な反応に後押しされ、紗理亜も他人に愛撫を加えるという、これも初めての経験にいっそうのめり込む。アイコンタクトだけで唇を重ねると、紗理亜の舌はそのまま円佳の鋭角な顎《あご》とほっそりとした首筋を経由して、豊かな乳房に到達した。

「くぅ……んんんっ……そうよ。グミを食べるみたいに舌先で転がして……気持ちいいわ。たまに吸ってみても……あふぅっ！　いいわ……いいわよぉっ！」

外見が幼い紗理亜が無心に乳首をしゃぶる有様は、一見セクシャルなものとはほど遠い、赤子が母親の母乳を求めているような風情がある。だが、それは実際愛撫なのだから逆に倒錯的《とうさくてき》な意味合いを円佳に感じさせ、興奮を高める。

「紗理亜、下の方もお願い。もう凄く熱くなってて……エッチなおツユでグチョグチョに

なってて……さっきから紗理亜に触ってもらいたくて、アソコが堪《たま》らないのぉ！」

「は、はい……えっとぉ、アソコはどうしたら……自分でした時は確か……」

自慰の際もほとんど手探り状態で、まだ女性器の構造自体理解しているのか怪《あや》しい紗理亜は、とりあえず手を円佳の秘所に伸ばす。そこに円佳がタイミングを合わせて足を大きく開いたため、紗理亜の指が充分に濡れている膣内にヌルリと呑《の》み込まれた。

「えっ、入っちゃった！　ごめんなさい、円佳さん。今すぐ抜きますから……あれっ？」

ギュッと円佳は膣を絞め付け、食虫植物の如《ごと》く、紗理亜の指を捕まえた。

「いいのよ、紗理亜。そのまま中で動かして……はぁぁん！　まだぎこちないけど、それが焦《じ》らされてるようでいいわ。今度はもっと指を奥まで……んんんっ！」

初めて知る膣肉のなんとも言えない感触に、紗理亜は無我夢中で指を動かし、出し入れさせる。自分の秘所もこんな感じなのだろうと思うと、更に激しさが増す。

「紗理亜、クリちゃんも……そのちっちゃいオ○ンチンみたいのにも触ってぇ！」

「はい！　えっ……？　私のと違って、円佳さんのこれ、皮が……」

「気持ちよくなると、大きくなって剥けちゃうのよ。そんなことはあとでいくらでも教えてあげるから、今は……クリちゃんを指で握り潰《つぶ》しちゃってぇ！」

円佳の切羽詰ったような金切声《かなきりごえ》に驚き、紗理亜は忠実に命令を実行した。愛液のヌルヌルした手触りに多少てこずりながらも、遂に紗理亜の指の腹が円佳の愛芽を……。

「ひゃうぅっ！　いっ、いっ、イクぅっ！　紗理亜にイカされちゃうぅぅぅっ！！！」

耳をつんざく絶叫と共に、円佳は絶頂の極みに達した。その時に、紗理亜の頭を円佳が両腕でギュッと乳房の谷間に押し付けるように抱きしめていたのは、本気でイク瞬間の顔を見られたくなかったからなのだろう。

「むぐぅぅ……円佳さん、イッちゃったんだ。えっと、確か、こんな風に……ひゃうっ！　んんんんっ！！！」

円佳の胸に包まれながら、紗理亜もイッた。円佳を見習って自分のクリトリスの包皮を指で剥いたことで、初めてそれが外気に触れた刺激によって。

「……ありがと、紗理亜。とってもよかったわよ。こんなに紗理亜が上手だったなんて、ちょっと意外だった……紗理亜も随分エッチになっちゃったみたいね」

以前のように、紗理亜が円佳のその指摘を否定することはない。いや、できなかった。

「そうです。紗理亜はエッチな子になってしまいました。だから、もっと……もっと円佳さんに気持ちいいことしてほしいんです」

紗理亜ははっきりとそう口にすることで、自覚した。

自分はやはり裕紀が言ってくれた、『理想の女の子』ではないのを。

★　　★　　★

【裕紀様。言いつけを破った罰として、私を悦ばせるよう紗理亜に命じました。さす

がは裕紀様です。あの子の愛撫は思っていたよりも巧みで、隠されたその淫靡《いんび》な才能を裕紀様は最初から見抜いておられたのですね。詳しい報告は後ほどお電話で】

裕紀は円佳からのそのメールを見なかった。

今日はこれ以上、指令を出す必要はないし、一日に一回は声が聞きたいという欲求から円佳が報告と称して電話してくるのは分かっていたからだ。

今、裕紀が何をしていたかというと、某シティホテルの一室で歳が一周り以上違う年上の女性と身体を重ねていた。

「ひぐっ！　んっ、んっ……やっぱり、凄いわ、アナタの……あの子なんかには勿体《もったい》ないわね、全く。あぁああっ！　そうよっ！　子宮をペニスで突き殺してぇぇぇっ！」

もうすぐ紗理亜が手に入るという事態に、裕紀の中では高揚感と不安が交錯する。

それを紛らすには若さゆえの勢いに任せたセックスに身を任すのが一番であり、その相手は性に貪欲《どんよく》で脂の乗り切った女性が適していた。

「あっ、あっ、来る、来ちゃうぅぅっ！　アナタも出してぇ。その一発だけで妊娠《にんしん》しちゃうような濃い精液を沢山……私のカントをそれで満たしてぇ！　イックぅぅぅっ！！！」

女性がイクのとほぼ同時に、枕元に置いてあった裕紀の携帯電話が鳴った。そのおかげで、膣出しを望む彼女の願いは叶《かな》えられなかった。

「もしもし……円佳か……順調なんだな……ああ、分かった。仕上げは任せる」

裕紀の電話相手は、本日の調教報告をしてくる円佳だった。

会話の内容からそれを知って、今まで裕紀の身体の上で自らの乳房を揉みしだきながら激しく腰を振っていた女性も一休みする。そして、そっけない言葉で電話を切った裕紀を見て、彼女は顔に微笑を浮かべた。

「あの子、又、学校を代わったとは聞いてたけど、やっぱりアナタの差し金だったのね。母親の私の言うことはまるで聞かないのに……よく手なずけたものね」

ベッドから離れて、冷蔵庫から出した缶《かん》ビールをグイッと一飲みしたその女性の名は、『蓮見涼子《りょうこ》』という。名字で分かるように、円佳の実の母親である。

いつもはアップにしているのだろう、その艶《つや》やかなロングヘアといい、とても三十代後半の女性とは見えない見事なプロポーションや美貌《びぼう》といい、確かに涼子は円佳に似ている。

「ふん……今更、母親ヅラとはな。皮肉にしてもヒネリが足りないぞ、涼子」

裕紀の立場から見ると、涼子は表向きには父親の秘書、実は事業における優秀な影の補佐役であり、そして……父親の愛人だった。

ある事件を契機に裕紀は涼子を全ての元凶と見なし、復讐《ふくしゅう》のために近付いたのだが、彼女も父親の数いる愛人の一人にすぎないと知ってその気が失せた。

いや、改めて裕紀は気付いたのだ。自分にとって真の元凶とは誰なのかに。

「ハイハイ、私はどうせ母親失格者ですよ。まっ、アナタもあの子もいろいろと屈折してるから、同類、相憐《あわ》れむ、ってとこなんでしょ」

裕紀の目が冷たく光り、それを見て涼子は首を竦《すく》める。

「冗談よ、冗談。それにしても役立ってるの？　あんな真面目《まじめ》なだけが取り柄のつまらない子が」

「余計なこと言ってないで、今度は膣出ししてやるから四つん這いになってケツを向けろよ。涼子の方こそ、セックスくらいしか能がないいんだから」

裕紀の暴言に不満げな表情を見せながらも、涼子はベッドの上にうつ伏せになりお尻を掲げる。命じられたからではなく、自らの快楽のために。

裕紀の言った『セックスくらいしか能がない』というのは、真実と違う。父親に知られずに裕紀が自由に金を、時には権力を揮《ふる》えるのは、涼子の裁量と協力があってこそなのだ。要するに、涼子も今は父親の愛人と言うよりもその息子、裕紀の支配下にあった。

「ねぇ、早くぅ……いつものお願いよぉ」

濡れそぼった秘裂から放射状のシワを見せる尻の穴まで全て露出させながら、涼子は裕紀に見せつけるように腰を左右に振る。

「ふっ……この、スケベなメス豚《ぶた》が！　いくぞ」

両側から盛り上がり深い渓谷《けいこく》を形作る左右の双丘を、裕紀は手首のスナップを利《き》かせて交互に打つ。

パチンッ！　パチンッ！　パチンッ！　パチンッ！

ＳＭプレイで言うところの、スパンキングである。

「あうっ！　はぁっ！　もっと……もっと、です！　生意気な口を叩《たた》いたこの涼子の尻にもっと罰を……！」

はじめは多少演技も入っていたが、尻が手形状に赤くなっていくうちに、涼子は心底、快楽に溺《おぼ》れる。尻を打つたびにシーツに飛び散る愛液の雫《しずく》がそれを証明していた。

スパンキングを一つのプレイとして成立させるためには、ただ単に尻を叩けばいいものではない。例えば、尻の丸みに合わせて平手で包み込むようにして叩かないと「パチンッ」といい音は出ないし、それは同時にプレイ相手の肉体に必要以上に負担を与えないことにもなる。

そういったスキルを含めて、裕紀を若くして性のテクニシャンに仕立て上げたのは、誰あろう、当の涼子であった。

裕紀が復讐のために無理やり涼子を凌辱《りょうじょく》しようとした当初、セックスに関してだけ言えば、二人の立場は今とは逆だった。だが、裕紀の若い肉体と隠されていた才能にいつしか涼子は彼の虜《とりこ》に……といった図式だ。

涼子が娘の円佳のように心の底から裕紀に従属しているかどうかは怪しいところで、彼もそれは察知している。

(まあ、いいさ。それも不確定要素の一つだからな)

とりあえず、今は猛《たけ》り狂っている股間の剛直を鎮《しず》めるのが先決と、裕紀はバックからヴァギナにインサートし、涼子に歓喜の悲鳴を上げさせた……。

第4章　終わりのない夜

《おはようございます、裕紀さん。昨日は会えて嬉《うれ》しかったです。でも……私《わたし》はこの二日くらいでいろんなことが起こりすぎて、なんだか自分がよく分からなくなっています。前の私と今の私……このままだと価値観が根本から変わって》

裕紀へのメールをそこまで書いて、紗理亜は全《すべ》てをクリアにしてしまった。

「昨日も裕紀さんにはお悩みメールを送っちゃって……直接会ってアドバイスまで貰《もら》ったのに……やっぱり朝からこんな内容、NGだよ」

久しぶりに裕紀と『チビ』に会うことができた……本来ならそれは昨日の出来事の中でトップを飾るはずなのに、紗理亜が朝、目を覚ましてから何度も思い出してしまうのは別のことだった。

「初めて他《ほか》の人の身体《からだ》、あんな風に触っちゃった。それも、胸やアソコを……円佳さん、気持ちよさそうだった。円佳さん、私の愛撫《あいぶ》で感じてくれた……」

ストレートに恥ずかしい事実を物語る独り言に、紗理亜は一人部屋なのに慌てて周りを見渡す。が、少しすると又、口をついて出てしまう。

「私が指を動かすたびに、円佳さんの身体が反応して……そんな円佳さんを見てたら、私のアソコも……オナニーではなかなかイケなかった私があっという間に……」

もう恥ずかしい独り言を気にしている場合ではなく、紗理亜は認識する。

例えようもなく甘美でそれだけに危険な領域に、自分が足を踏み入れているのを。

その領域への誘い人、極めて魅力的《みりょくてき》な円佳に対抗できるただ一つの存在を、紗理亜は一度は諦《あきら》めた、机《つくえ》の上に置かれた携帯電話の中に求める。

「裕紀さん……でも、私は何も知らなかった以前みたいに……『チビ』は元気ですか、なんて何もなかったかのようにメールを出せるのかな……」

まだ女同士での行為にタブーな印象のある紗理亜には、その快楽に酔いしれる自分と、裕紀に淡い恋心を抱く自分の両方を同時に受け入れ難かった。

(どうして、私は円佳さんとあんなことをしてしまうんだろう……)

結局はそこに辿《たど》りついてしまうわけだが、答えはもう出ていた。

登校の準備を整えた紗理亜は、自室を出て隣りにある円佳の部屋のドアをノックする。

(気持ちいいから……そう、気持ちいいから、私は円佳さんと……)

ドアが開き、「おはよう、紗理亜」と微笑《ほほえ》む円佳の顔を見て、紗理亜は確信する。

(私は円佳さんに何かされるのを心待ちにしてる……だから、もう引き返せない……)

そして、この日の朝、欠かさず送っていた裕紀へのおはようメールを紗理亜が実行することはなかった……。

★　★　★

【裕紀様。紗理亜はもう私を避けることもなく、今朝も自分から一緒に登校しようと誘いにやってきました。紗理亜の私を見る目はどこか媚《こ》びを帯びていて、更なる快

楽を望んでいるようですが、如何致《いかが》しましょうか】

朝のHRの前、三年生の教室にて円佳がクラスメートに覗《のぞ》かれるかもしれない危険をものともせずにそんなメールを打っていた頃《ころ》、紗理亜も自分の教室にいた。

その教室へ、『駆け足厳禁』と校則にある廊下《ろうか》をダダッ……と音を立てて走り、バーンとドアを必要以上に大げさに開けて入ってきたのは……和子だ。

「フ〜ッ……ギリギリ、セーフ。まだ先生は来てないな、と。何しろ、無遅刻、無欠席を目指してるアタシとしては……あっ、おはよ、紗理亜」

朝の挨拶《あいさつ》をしてくる和子に向かって、珍しくいつもとは逆に紗理亜がツッコミを入れる。

「ワコちゃん、無遅刻、無欠席って……欠席はともかく、遅刻の方は両手でも数が足りないくらいしてたと思うんだけど」

「あのねぇ、紗理亜。人が目指すべきもの、目標ってのは簡単に実現可能なことじゃ意味ないでしょーが。だから、アタシは常に無遅刻、無欠席を目指す！　たとえ、寝坊して遅刻しちゃっても、デートの約束で学校をサボっちゃったとしても、目指し続ける！」

「それって、目指してないのと一緒じゃあ……」

理論的な正しさよりも気合の差で敗北した紗理亜は、若干逡巡《しゅんじゅん》した後、ガラッと話題を変えて和子に一つの質問を投げかけた。

「ワコちゃん……私、最近、少し変わったかな？」

紗理亜はあくまでも深刻に受け取られないようさり気なく尋ねたつもりだったが、質問の内容が内容だっただけに、和子はニヤリと白い歯を見せる。

「ニヒヒ……まさか、紗理亜の口からそんな定番の台詞《せりふ》が飛び出すなんて。ちなみにどんな場合の定番かというと、大抵は初体験後の台詞なんだけどね」

「わわわ……！　ワコちゃん、そういうのじゃなくて、もっと精神的な意味で私は……」

「だって、最近の紗理亜に関してアタシが変わったと思ったことといえば……昨日、珍しくアタシの見ている前では転ばなかったことくらいで……そっか！　普通、アレのあとはアソコに違和感が残って歩きにくくなるのが、紗理亜の場合、逆にバランスが取れて……」

朝のＨＲが始まっても、隣りの席の和子は紗理亜が初体験したのだとふざけ半分に決めつけて、追及の手を緩めない。「紗理亜のバージンはアタシがディルドーで奪うはずだったのに！」とか「それで相手はどこの男？　まさかオスってわけじゃあ……」とか、言いたい放題だった。

ＨＲが終わると、紗理亜は「ちょっと、お手洗いに……」と席を立った。

和子は紗理亜のその行動を逃走と判断し、（からかいすぎちゃったかな）とほんのちょっぴり反省する。とはいえ、すぐに新たなるからかいネタを頭の中で考え出したのだから、反省は本当に『ちょっぴり』だったのだろう。

しかし、和子の読み、逃走のためのトイレ行き、は大きく外れていた。

紗理亜の向かった先は間違いなくトイレだったが、その目的は本来の排泄《はいせつ》行為とも違う。

朝の別れ際、円佳に「HRが終わったら、来なさい」と言われていたからだった。

そして……再び教室に戻ってきた時には、先程本人が問いかけた質問とは全く別の意味で、紗理亜は『変わって』いた。

★　　★　　★

【円佳よ。「仕上げは任せる」と昨日電話で告《つ》げたのを忘れたのか？　随時、報告だけをすればいい。ただし、紗理亜の調教結果にはお前自身の俺《おれ》に対する忠誠心もかかっているのだと承知しておけ】


円佳にとっても重要な紗理亜への調教、それは今、古文の授業中に実行されていた。

「えっと……またほど経《へ》てのぶんは……すこぶる思ひ迫りて書きたるごとなりき。ふ、文《ふみ》をば否といふ字にて起こしたり。否、君を……んんっ……否、君を思ふ心の深き……」

シンとした教室で教科書にある『源氏物語』、『玉鬘《たまかずら》』の一節を朗読するのは、紗理亜だ。

普段でも人前での朗読は苦手《にがて》な紗理亜だったが、今日は漢字の読みに困るような箇所《かしょ》でないのにたびたびつっかえている。

「……き、君は故里に頼もし族なしとのたま……んっ、のたまへば……ケホッ、ケホッ」

（駄目《だめ》！　教科書に集中しないと……でも、どうしても意識がアソコに……円佳さんは大丈夫って言ってたけど、ホントに音は周りに聞こえてないのかな……）

紗理亜は咳《せ》き込《こ》んだフリをして朗読を中断した束《つか》の間《ま》、この授業の前に円佳とかわした会話を思い出す……。

……それは、トイレの個室内でのこと。

「昨日、イカせてもらったお礼に、今日は紗理亜にこれを使ってあげましょうね」

「これは……？　小さな卵みたいな形、してますけど……」

「ローターといって、まぁ、バイブの小型バージョンよ。スイッチを入れると……ほら、ブルブルって震えるでしょ。今日は午前中ずっとこれをアソコに当てていなさい」

「えっ、アソコって……アソコのことですよね？　そんなことしたら、回りに音が……。」

「これは特別に音の静かなタイプだから、大丈夫よ。まあ、紗理亜が変な声を上げたりしたら分からないけど。だから、紗理亜次第ってわけね。バレるのもバレないのも」

……という経緯《けいい》で、今、紗理亜のショーツの下、秘所に当たる部分にローターが仕込まれ、微弱な振動とそれによる刺激を彼女に与え続けている。

（一番感じるところ……クリトリスってとこに当たってて……アソコが濡《ぬ》れちゃってるの分かる。なんだか身体全部が痺《しび》れてるような……意識が飛んでいきそうな……）

こんな時に教科書の朗読を先生に指名されてしまったのだから、紗理亜も運が悪い。

いや、その不運な状況も快楽の一端として受け入れてしまうのが、今の紗理亜だった。

（先生やクラスメートのみんなの視線が凄《すご》く気になる。もしかして、もう気付いていて心の中で私のことを……駄目！　そんなことを考えちゃうと、どんどんアソコが……！）

「はい、そこまででいいわ、菊川さん」

もう少しで淫《みだ》らな声を上げそうになっていた紗理亜は、教師のその言葉に助けられた。

「ところで、菊川さん、熱でもあるのかしら？　顔が赤いし、息遣《いきづか》いも乱れて……もしかして、体調が悪いのだったら……」

古文の教師は三十代半ばの女性だった。穏やかな性格で生徒からの信頼も厚い彼女だが、その親切心が今の紗理亜には少々恨めしい。

慌てて「いえ、大丈夫です」と答えて席についた紗理亜は、太腿《ふともも》の内側に愛液が少しだけ垂《た》れているのを目にして、これも慌ててスカートで拭《ぬぐ》った。

「……ちょっと、ちょっと、紗理亜……せっかく授業をサボれるチャンスを……じゃなくって、保健室に行かなくて平気？　その際は是非《ぜひ》アタクシめに付き添いの任を」

隣りの席から和子がそう囁《ささや》いてきても、紗理亜は「大丈夫よ」と同じ言葉を繰り返した。意識が全て股間《こかん》のローターに集中してしまい、思考能力が欠如していたのだ。

「ホントに大丈夫なのかなぁ。だって、それにしては息をハアハアさせちゃって妙に色っぽいっていうか……おおっ！　紗理亜の形容詞に『色っぽい』をつける日が来ようとは！　これも紗理亜が『女』になった、アソコを貫通させられちゃったせいかな……な〜んてね」

紗理亜は「はぁ〜〜〜っ」と長いため息をついて、顔を机に押しつけるようにした。

セックスを想像させる和子の言葉に、とうとう紗理亜は軽く達してしまったのだ。

【裕紀様。先程はそのお手を煩《わずら》わせるような質問をして申し訳ありませんでした。紗理亜には、ローターをつけて授業に出るよう命令しました。このあとも続けざまに紗理亜の羞恥心《しゅうちしん》を剥《は》ぎ取っていこうと考えていますので、楽しみにしていてください】

★　　★　　★

午前中の授業が終了し、ようやく紗理亜はローターの刺激から解放される。

昼休み、トイレの個室に再び円佳と紗理亜の姿があった。

「よく耐えたわね、紗理亜……凄いわ、パンツの中は大洪水よ」

足をガクガクさせながら立っている紗理亜に自らスカートをめくり上げさせ、円佳は水に浸したように濡れているショーツ、それも裏側にローターが仕込んであるそれを引き下ろした。丸見えになった秘裂がローターの刺激がなくなったことで名残惜《なごりお》しげにひくつく様子が、なんとも淫猥《いんわい》な印象だ。

「私、何度も外しちゃおうかと思ったんですけど……我慢しました。もう円佳さんとの約束、破りたくないから……」

「嬉しいわ……と言いたいところだけど、ここをこんなに愛液まみれにしていては説得力に欠けるわね。本当は、単に気持ちいいから外したくなかっただけじゃないの？」

　そう言うと、円佳は指をチュプッと秘裂に挿《さ》し入れて紗理亜に歓喜の声を上げさせ、自分の指摘の正当性を証明する。

「あぁぁん！　駄目です。今、そんな風に円佳さんにされたら声が抑《おさ》えられ……んんっ！」

「まあ、いいわ。我慢した御褒美《ごほうび》をあげる……今、ここで……私の見ている前で放尿《ほうにょう》する許可を与えてあげるわ」

「えっ……？　ゴホウビって円佳さんは……どうして、それが？」

「ふふっ……今の紗理亜なら、それだけでイッちゃうことができるはずよ」

　少しして、紗理亜は又も円佳の指摘が正しかったのを知る。

　今回は利尿剤がなかったせいで時間がかかり、やっと出た時も、ほんの少し、便器にチョロチョロと音を立てるくらいの雫《しずく》だけが、紗理亜の股間から滴《したた》った。

「あぁぁ……恥ずかしい……円佳さんの前でオシッコしちゃうの、これで二度目……それも今度は自分の意思で……あっ、あっ、見られてる……はぁあああっ！！！」

　午前中ずっとローターで刺激を受け続けたのが原因とはいえ、紗理亜は明らかに円佳の視線を受けることでイッた。

　そして、この放尿視姦《しかん》は前戯《ぜんぎ》みたいなもので、昼休みの調教はこれからが本番だった。

　円佳は、絶頂の快感にぐったりとしている紗理亜をトイレから屋上へと連れ出す。

　天気晴朗なれど波高し、といった具合に、本日は若干風が強い。

遮蔽物《しゃへいぶつ》がない屋上において風は特に強く感じられ、その場所に出た時から紗理亜はめくれないようにと懸命《けんめい》にスカートを手で押さえる。

「あら？　何をしているのかしら、紗理亜は」

「あの……だって……いつもの時ならまだいいんですけど、今はそのぉ、パンツを……」

紗理亜のスカートの下は、トイレで円佳にショーツを脱がされたままだった。

だが、その状態こそが今から行う調教には必須《ひっす》条件であり、円佳は早速紗理亜に命じる。

「紗理亜、屋上の隅《すみ》、手すりの近くに立ちなさい。グラウンドに向かって、ね。そう……それでいいわ。そして次に……スカートをたくし上げなさい！」

「は、はい……えっ？　え～～～っ！　そ、そんなことしたら、アソコが見えちゃう……」

「見えちゃう、のではなくて、見せるの！　あなたは見られて興奮するエッチな子でしょ」

つい今しがた行われたトイレでの強制放尿視姦に、紗理亜は耐えた。それどころか、新たな快感に目覚めて絶頂に達してしまったほどだ。

紗理亜としては、見られることで快感を覚える相手はあくまでも円佳に限定してのこと、そう認識していた。そこには（大好きな円佳さんだから……）という逃げ道、一種の救いがあった。

だが、今度は違う。紗理亜が自分の恥ずかしい部分を晒《さら》す対象は、円佳以外の誰《だれ》か……和子のような友人、クラスメートたち、先生たち、そして名前も顔も知らない人、その全てを含めた、不特定多数の内の誰か、なのだ。

「どうしたの、紗理亜。早くしなさい」

円佳の静かな口調には、紗理亜が自分の命令に逆らうとは微塵《みじん》も思っていない、強い自信が込められていた。

それに応《こた》えるように、紗理亜は『誰か』に憶《おぼ》える不安より、円佳への想《おも》いを選んだ。

紗理亜の指が裾《すそ》を摘《つま》み上げ、スカートがゆっくりとたくし上げられる。

誰にも見られない可能性にかけて……見られても仕方がないと半ば諦めて……。

日が燦々《さんさん》と降り注ぐ下、制服姿の女性が大事な部分を自らさらけ出した、ある意味、全裸よりも淫靡《いんび》な光景が完成した。

「いい子ね、紗理亜。いい子にはもっと御褒美をあげないと……あらっ、あそこにいる先生、こっちを見上げてるわ。紗理亜の姿に気が付いたのかしら？」

「えっ！　い、イヤッ……！」

「駄目よ、スカートを下げては。それに……行っちゃったわよ、あの先生。残念だったわね。そうねぇ……次に誰か来たら、こちらから呼びかけてみるのもいいかも。『屋上から一年の菊川紗理亜がオ○ンコをみんなに見せたがってますよぉ！』ってね」

「絶対、やめてください、円佳さん！　私、見せたがってなんか……あっ……」

言葉の途中で紗理亜は気付いた。トイレでの一件の名残が風に晒されたせいで、つい先

程まではひんやりとしていた股間、それがいつの間にかヌルリとした温かみを……新しい愛液を湧《わ》き出しているのを。

「紗理亜、私に声を上げてほしくなかったら……そうね。指でアソコを広げて、奥の奥までさらけ出しなさい」

「はい……」

たくし上げていたスカートを口に挟み、紗理亜は指で限界までヴァギナを広げる。

地上から見れば距離があるため大して違いはないが、紗理亜自身への刺激は増大し、秘裂から愛蜜《あいみつ》がポトリと屋上のアスファルトの上に落ちた。

「ふふっ、絶対にそこまでは見えないだろうけど、知ったらみんな驚くわよ。こんなイヤらしいことしてる子にまだ処女膜があると知ったら……」

ここまで来れば、もう円佳のバックアップは必要なかった。

（もしも本当に誰かに見られてしまったら……それがあの田中先生みたいな人だったとしたら……脅されて……そして無理やり犯されちゃって……クラスメートの誰かだったとしても……ワコちゃんやみんなに『ヘンタイさん』だって嫌われちゃう……）

断じて望んでいるわけではないが刺激的な想像に、紗理亜の心は千々《ちぢ》に乱れる。

（でも……たとえそうなったとしても、円佳さんだけはきっと私を見捨てない……だから、円佳さんのためにも……円佳さんが望むように、私はもっと……！）

紗理亜は秘裂を広げるのは二本の指だけに任せ、残りの指で包皮から少しだけ頭を覗かせている愛芽を、そして淫液をこんこんと湧き出す膣口《ちつこう》を弄《いじ》る。

円佳が次に命じるはずだった、露出プレイにおける現時点での最終段階、自慰の披露《ひろう》であった。

「凄いわ、紗理亜……今なら認められるわね、あなたも。自分が一体、どういう子なのかを。さあ、正直に答えなさい」

「はい……私はこんなところを……アソコをさらけ出してオナニーしてるのを誰かに見られたらって思うと、凄く感じちゃいます。本当は誰かにエッチなところを見られたくて仕方ない……ヘンタイさんなんですぅ！」

円佳が求めていた答えを口にすると共に、紗理亜は青空の下、絶頂に達する。

「だから……このままイッちゃうとこも……くふぅ……イク、イク、イクぅぅぅっ！！！」

一気に身体から力が抜けてガクッと崩れ落ちる紗理亜を、円佳が支えた。

紗理亜が怪我《けが》をしないように気遣って……というよりも、自らが作り上げた芸術品を守るように。

……と、ここまでは順調そのもので満足すべき成果も上げていた円佳の調教計画だったが、どんなことにも予定外の事態が発生する可能性はある。

事件は、昼休みが終わりに近付き、円佳と紗理亜が屋上を離れる時に起きた。

「あっ……お前たち、どうやって屋上に……まだ立ち入り禁止になっているはずだが」

教師の一人が屋上から出てくる二人を見咎《みとが》めたのだ。

一部の生徒の喫煙《きつえん》事件で屋上が半永久的に封鎖される危機を迎え、それが全校集会における円佳の活躍で一ヶ月と期間が決められたのは、周知の事実だ。

そして、まだその一ヶ月はこの時たっていなかった。

全校集会での円佳の行動も善意からではなく、紗理亜に対するデモンストレーションと、秘密に調教を行う場所として屋上が適していたからだった。屋上への通用口の鍵《かぎ》も、紗理亜には担当の教師から借りてきたと説明していたが、本当は黙って拝借してきた物だ。

要するに、円佳としては教師に屋上への立ち入りを見つかったのはあまり好ましくない。

「ん？　菊川じゃないか。それに……三年の……そう！　あの、蓮見か」

不運は重なる。よりにもよって二人を見つけた教師とは、以前に紗理亜をセクハラの毒《どく》牙《が》にかけた、あの田中だった。その際に円佳に邪魔されたのをずっと根に持っていた田中は、ここぞとばかりにネチネチと責め立て始める。

「蓮見、集会でのあのご立派なご高説はなんだったんだろうなぁ。つまり、あれか？　学園側を巧《うま》くやり込めた自分を特別な存在とでも思ったのか？」

「いいえ、そのようなつもりはありません。田中先生、申し訳ありませんでした」

紗理亜とのことで妙な勘繰りを受けないよう、円佳はひたすら平身低頭で耐える。

その紗理亜はというと、例のセクハラの件もあって田中は苦手なのだろう、円佳の後ろに隠れるようにただ脅《おび》えている。

「田中先生、屋上への無断立ち入りについては、全て私に責任があります。菊川さんは私に強制されただけですから、その罪は問わないよう善処を……」

「そういうわけにはいかんなぁ。他の生徒への示しというものがある……まあ、後輩思いの蓮見がどうしてもと言うなら考えないこともないが」

殊勝な態度を見せる円佳を見て調子に乗った田中は、ベタベタとその肩や腰に手で触れ始める。これまでのセクハラ人生で円佳ほどの極上の獲物《えもの》はなかったのだろう、田中は目を好色モードで爛々《らんらん》と輝かせていた。

円佳の方は特に嫌がる素振りを見せない。裕紀から命じられた目的の遂行が円佳の最優先事項であり、そのためだったら田中に身を任せることさえ厭《いと》わないはずだ。

しかし……ある瞬間を境に、その構図は一転した。

円佳の制服のポケットで携帯電話がメールの着信を伝え、それを円佳が確認しようとしたのが始まりだった。

「お、おいっ！　人が説教してやってる途中で何を……電話なんか気にするなっ！」

「田中先生、少しだけお待ちください」

田中が舐《な》められたと感じたのは、まあ、当然だろう。

けれど、円佳もメールの着信を無視するわけにはいかない。結果だけ見れば今回はただの迷惑メールだったが、それが裕紀からのメールだった場合を考えれば。

「話を聞け！　いいか、蓮見、校則にも、授業中は携帯の電源を切っておくようにと……」

「今はまだ昼休みです。校則にも、休み時間の携帯電話の利用は……いえ、すみません、田中先生。反省しています」

「チッ！　どうせメールなんかしてくるのは、どこぞのろくでもない男だろうに」

ほんの軽い気持ちで口走ったその言葉が、田中の命取りになった。

円佳の形のよい眉《まゆ》がひそめられた次の瞬間、電光石火の平手打ちが田中の頬《ほお》に飛んだ。

「あうっ！　くっ……蓮見、お前……教師に向かって何を……！」

「教師だろうとなんだろうと、関係ありませんわ。あなたは決して侮辱《ぶじょく》してはならない人を……あの方を『ろくでもない』などという凡庸《ぼんよう》な言葉で貶《おとし》めた。それだけは何があっても許しません！　もしも、これ以上余計なことを口にしたら、その時は……」

殺意にも似た円佳の迫力に圧倒された田中は、「このことは次の職員会議で問題にするからな」と捨て台詞を残して、スゴスゴと逃げ出していった。

「円佳さん、あの……」

紗理亜の驚いた表情で、円佳は自分が過剰な反応を示していたのに気付き、無理に笑顔を作る。

「変なところを見せちゃったわね。あの先生があまりにもしつこく身体を触ってくるからつい手が……でも、これで私と紗理亜はセクハラの被害者仲間よね。ふふっ……」

「えっ？　ああ、そういえばそうですね。あんまり喜べないお仲間ですけど。ふふふ……」

円佳に合わせて笑ってみたが、紗理亜にはまだ初めて見た円佳の激昂《げっこう》する姿に対する衝撃が残っていた。

「あのですね、円佳さん、そのぉ……」

「何かしら、紗理亜？　田中先生のことだったら安心して。絶対に紗理亜には迷惑をかけないようにするから」

「いえ、そのことじゃあ……ううん、やっぱり、いいです」

紗理亜は聞きたかったことを聞けずに言葉を濁した。

（いつも冷静沈着な円佳さんをあんな風にしてしまう人がいるんだ……『あの方』って言ってたけど、どんな人なんだろう）

そう考えた時、自分の中に嫉妬《しっと》のような感情がチラリとよぎったのにも、紗理亜は内心、驚いていた……。

★　　★　　★

【紗理亜ちゃん、どうしたのかな？　今日は君からのメールがないので少し心配しているお紀です。杞憂《きゆう》だったらいいんだけど、もしも何か悩みがあるんだったら、遠

慮しないでいいからね。きっと『チビ』もそう思っているはずだよ。じゃあね】

裕紀からのメールがあったのは、紗理亜の携帯電話の方だった。

（裕紀さん、優《やさ》しいな……そんな裕紀さんだから、今の私はどんなメールを出したらいいのか分からない。裕紀さんと円佳さん……少なくても私の気持ちがどこに向けられてるのか分かるまでは……）

裕紀へのメールを今は凍結して、放課後に紗理亜は視聴覚教室へ向かう。

そこで待ち受ける円佳にとっては調教を、紗理亜にとっては今の自分の気持ちは何かを確かめるために。

「……来たわね、紗理亜」

視聴覚教室のドアを開いた紗理亜を、円佳は微笑みで迎える。

ここを今日ラストの調教のステージに円佳が選んだのは、防音処理が施されているためだ。鍵は、屋上と同様に無断で職員室から拝借していた。

「あの……円佳さん、ここで何を？」

不安と期待が入り混じった視線で尋ねる紗理亜の眼前に、円佳は隠し持っていたバイブをちらつかせた。スイッチが入れられ、ウィ～ンと音を立てながらうねうねと卑猥《ひわい》な動きを見せるバイブに、紗理亜は思わず後ずさりする。

「ふふっ……まだ怖《こわ》いの？」

「は、はい。どうしてもそのグロテスクな形が……あと、男の人の本物の……アレもこんなに大きいものなんですか？」

「そうよ。まあ、このバイブも並み以上のサイズだけど、中にはもっと大きいのも……」

裕紀の持ち物でも思い出したのか、円佳はバイブを舌でペロリと舐める。

「紗理亜も将来の夢の中には、可愛《かわい》い子供を持つお母さん、なんてのもあるんでしょ。だったら、今のうちに慣れておかないといけないわ。というわけで、フェラの練習よ」

「フェ、フェラ……？」

「フェラチオのことよ。紗理亜も公園で羨《うらや》ましそうに見てたじゃない。私が男の人のオ◯ンチンを口に含んで愛撫していたのを」

「あっ……羨ましそうに、なんて……円佳さんの意地悪」

円佳が美味《おい》しそうにペニスをしゃぶっていた光景を思い出して、紗理亜は頬を染める。

その赤くなった場所に、円佳は持っていたバイブをなすり付けた。

「さあ、やってごらんなさい。まずは舌を出して……」

舐めやすいようにとスイッチを切られたバイブに、紗理亜はチョンと舌で触れてみた。

それだけで何か凄くイヤらしいことをしている気分になる、紗理亜だった。

「いい顔よ、紗理亜。じゃあ、次に舌の先を使って全体を万遍《まんべん》なくツツーッて……そうよ。ゆっくりと……時には早く……」

「ん……んん……あん、んくぅ……」

円佳の指示に素直に従い、紗理亜はバイブに舌を這《は》わせる。初めはずっと目を瞑《つむ》っていた紗理亜も、自身の唾液《だえき》でバイブが光沢を見せる頃には時折薄く目を開けて、その形状をしげしげと観察したりもする。

「んっ……円佳さん、このイボイボみたいなのも本物のアレにはあるんですか？」

「ふふっ、それはバイブだけのものよ。尤《もっと》も、中には真珠を……まあ、それはそれとして、そのカリの……そう、出っ張ってる部分はペニスにもあるから、その根元も丹念に……」

「はい、ここですね……んっ……んん……」

言われるまま夢中でバイブを舐める紗理亜を見て、円佳もただバイブを手で支えているだけでは耐えられなくなった。近いうちに実際のペニスに対してそうするであろう予行演習も兼ねて、円佳もバイブに舌を伸ばす。

左右両方から二つの舌が絡み合う、ダブルフェラ状態は、紗理亜にも嬉しい。

「こうよ、紗理亜。唾液を舌に溜めて……んっ、んん……こうして塗りたくるように……」

「はう～、難しいです……んっ、んんん～……こんな感じでしょうか？」

「初めてにしては上出来よ。今度は、唇だけで幹の部分を挟んで……はむっ……」

円佳のフェラがいいお手本になるのは勿論《もちろん》、何よりもたまに舌と舌が触れ合うのが、無機質なバイブを相手にしているだけでは得られない性感を、紗理亜に与える。

「ふぅ〜……じゃあ、そろそろ紗理亜のその小さなお口で……」

言いながら視聴覚教室の椅子《いす》に座った円佳は、すっかり二人分の唾液でベトベトになったバイブを、まるでディルドーの如《ごと》く自らの股間に立てた。

「……咥《くわ》えてもらおうかしら、私のオ○ンチンを」

スカートの中から飛び出しているバイブの状況に、円佳のペニスをフェラするような錯《さっ》覚《かく》を植え付けられた紗理亜は、床に跪《ひざまず》いてしゃにむにバイブにしゃぶりついた。

「あむっ……んんっ！　んちゅ、んくっ……」

紗理亜の口にはバイブは大きすぎたようで、咥えるだけで精一杯だ。

それでも紗理亜が必死に口中で舌を動かすのは、付着していた円佳の唾液を少しでも舐め取りたいと願うから……なのだろうか。

(円佳さんにならっ……円佳さんになら、このバイブで私の……)

「紗理亜……まだ一指も触れていないのに、あなたのアソコ、もう糸を引くようにねっとりとしたエッチな液が溢《あふ》れ出しているんじゃなくて？」

バイブを咥えたまま、紗理亜が首を縦に振って『YES』と答えを伝える。

かくいう円佳もそうだった。自分が両性具有になったような倒錯的な気分に陥り、そのきっかけである立てたバイブの下、ショーツには愛液が染み出していた。

「アソコは充分に濡れている。そして、バイブも……まぁ、もともとそうだったんだけど、紗理亜のおしゃぶりのおかげで固くそそり立っている。もうやることは一つよね」

円佳はまだ未練があるようにも見える紗理亜の口からバイブを抜き取ると、続けてその身体を抱きかかえて机の上に寝かせた。

「あっ……円佳さん、その、やることって……？」

「さ～て、邪魔なものはヌギヌギしちゃいましょ～ね」

手練の早業《はやわざ》で、円佳は紗理亜の服をはぎ取っていく。最終的に残されたのは、制服の胸のリボンとストッキング、そしてはだけたブラウスと足首に丸まったショーツと、中途半端なところがマニアックな脱がせ方だ。

「ま、円佳さん！　ここまで脱がされちゃったら、もしも誰かが来た時に……」

「今更、何を言ってるのよ。紗理亜だって脱がすのに結構協力的だったくせに。パンツを下ろす時だって、ちゃんとお尻《しり》をフワッと浮かせて……」

図星をさされて口ごもる紗理亜の前に、再びバイブが登場する。

「もう、怖くはないわよね。あんなに熱心にしゃぶってたんだから」

円佳は手にしたバイブで、紗理亜の股間のスリットをスッと一回なぞった。それだけで足に力を入れていた紗理亜のガードが解けて、逆に何かを迎え入れるように開いてしまったのだから、彼女にもこれから円佳がすることへの心の準備はできていたのだろう。

「まだ少しだけ身体が震えているわね。大丈夫よ、紗理亜。なるべく痛くならないように

こうしてバイブに紗理亜の愛液をたっぷり塗り込めて……」

改めてバイブの先端を秘所に当ててスリットを何度も往復させながら、円佳の口はピョコンと勃《た》っている紗理亜の乳首をチュウッと吸った。

「あっ、あああっ！　き、気持ちいいです。アソコも熱くなって……グチャグチャって感じに柔らかくなって……円佳さん……円佳さん……円佳さぁぁぁん！」

切なさを、声に、身体に、表情にと全てを使って表現する紗理亜に、円佳は軽くキスをして落ち着かせた後、最終的な意思確認をする。

「紗理亜、いいのね。私があなたのバージンをこのまま貰っても」

「はい……円佳さんにならば……」

快楽に溺《おぼ》れて従属を示すようなその返事さえ引き出せれば、円佳には充分だった。

裕紀から命じられた調教は、それで成功のはずだった。

だというのに、円佳は先日に引き続き、又もこのままバイブで紗理亜の処女膜を破ってしまいたい衝動に駆られる。

先日のそれは、口にはしなかったものの円佳の嫉妬心が原因だった。

(でも、今のこの気持ちは……紗理亜への同情心？　今ここで処女を奪ってしまえば、この子は裕紀様のターゲットから外れるだろうと……いえ、違う。私は裕紀様に絶対の忠誠を誓った。だから、あの方の望まぬことなど……)

自分の感情が分からなくなった円佳は、「楽しみはあとに取っておくわ」等、バイブ挿入《そうにゅう》中止の言い訳をあれこれと考えながら、とりあえずバイブで紗理亜の秘裂を刺激して反応を窺《うかが》っていた。

そんな時だった。紗理亜の目から涙が一筋流れ、頬を伝ったのは。

チクリと胸が痛むのを感じつつも、それを抑え付けるように嘲笑《ちょうしょう》を顔に浮かべて、円佳は紗理亜に問いかける。

「まだバイブが怖いの？　それとも、淫乱な紗理亜は本物のペニスの方がいいのかしら？」

そのどちらでもなかった。目に涙を溜めた紗理亜が口を開く。

「違うんです。初めては一番好きな人に捧《ささ》げる……お母さんのその言葉通り、今の私にとって円佳さんが一番……でも、円佳さんは違うんですよね。円佳さんは私よりも別の誰かのことを……そう思ったら急に胸が苦しくなってきて、涙が……」

円佳は動揺した。それを悟られないよう殊更《ことさら》冷たい口調で紗理亜に言い放つ。

「そう……紗理亜は私が一番好きな人だって言うのね。だったら、その証拠を見せてもらうわよ！」

★　　　★　　　★

【裕紀様。紗理亜に最後の仕上げを行います】

裕紀に送った極めてシンプルな内容のメールにも、円佳の動揺が垣間見《かいまみ》える。

時間は太陽が空にある放課後から、闇《やみ》と、それを凌駕《りょうが》しようと人間が生み出した人工の照明の二つが支配する夜を迎えていた。

「円佳さん、ここって……」

円佳に連れられて紗理亜がやってきたのは、お馴染《なじ》みの中央公園である。

「そうよ。ここは、紗理亜が三日前に私がセックスしていたのを覗いた、記念の場所」

「あ……そ、それは言わないでください。記念は記念なのかもしれないですけど」

正確には場所が少し違う。二人が今いるのは公園の中央、噴水の近くのデートスポットとして有名な場所だ。

円佳に促されて紗理亜が座ったベンチの他にもそこここに同じものが設置されていて、そこには仲睦《なかむつ》まじい男女のカップルたちの姿が見受けられる。『仲睦まじい』という表現は、昭和の時代だったらまだ手を握り、身体を寄せ合うくらいだっただろうが、この場合、キスは勿論、それ以上の行為が大半を占める。

昼間は円佳相手にかなり大胆なことをしていた紗理亜も、ここでは目のやり場に困り、もじもじとしている。

「それで、あの……円佳さんが視聴覚教室で言った『証拠』って、どうすれば……」

「ああ、それね……こういうことよ」

円佳は片手で紗理亜の身体をピッタリと寄り添うまでに引き寄せると、もう片方の手を紗理亜のスカートの中へ挿し入れた。

「あっ！　だ、駄目です、円佳さん！　いきなりこんなところで……！」

紗理亜がピキーンと身体を硬直させて抵抗するのも構わず、円佳は指をショーツの中にまで忍び込ませ、その様子が見えるようにとスカートをめくり上げた。

「ほら、見なさい、紗理亜。女の子同士のカップル、それも聖フェリオ女学園の制服姿なんて珍しいから、周囲のみんなが私たちに注目してるわよ」

「えっ……？　あっ、やだ、ホントにこっちをチラチラ見てる……」

「そうよ。屋上の時みたいに誰かに見られるかも……じゃなくて、ここでは確実にあなたのエッチな姿を見られてしまうのよ。それでも平気かしら？」

円佳が先程口にした「証拠を見せてもらう……」とは、他人の目があるこの場所で淫らな行為に及ぶのに紗理亜が耐えられるかどうか、であった。

紗理亜の知らない円佳の真の目的に添うなら、調教によってここまで淫らになった『紗理亜』という完成品のお披露目《ひろめ》、といったところだろうか。

「紗理亜……私のことが本当に一番好きなら平気なはずよね？　加えて、あの記念すべき日、恥ずかしい姿を見られたことに対する、ちょっとした復讐《ふくしゅう》、お返しよ。私のセックスを覗いた時、興奮したんでしょ？　自分も同じようにされたらって考えて」

紗理亜のショーツの中で円佳の指が秘所を弄り、答えを要求する。クチュクチュという淫靡な水音が紗理亜の答えであり、あとはそれを言葉で認めるだけだった。

「はい……前にこの公園で円佳さんがせっくすしてるのを見た時は、自分もいつか男の人としちゃうのかなって想像しました……同時に、誰かに見られるかもしれないあんなところでは絶対できないって、そうも思いました。でも、今は……」

「今は……？」

「今は……円佳さんとなら……円佳さんが愛してくれるなら……！」

その告白でも足りないと思ったのか、紗理亜も自分がされているのと同じように円佳のスカートの中に手を入れて愛撫を開始した。

もう円佳が求めた『証拠』は充分だろう。円佳と紗理亜はどちらからともなく顔を近付け、唇を重ねた。周囲に知らしめるように舌を絡ませ互いの唾液を吸い合う激しいキスが行われ、唇が離れた時には唾液による細い糸状の橋がかかり、やがてプツンと切れた。

「はあはあ……円佳さんのアソコ、凄く濡れてます。溝をそっと指先で突ついただけで、溢れ出してきます」

「紗理亜はそれ以上よ。ほ〜ら、もうこんなに本気汁を出して……」

弄っていた手を一度引き抜き、円佳は紗理亜の眼前に差し出した。白く濁った愛液でコーティングされた指が、街灯の光を受けて輝く。

「あ……泡《あわ》まで立ってて……やっぱり意地悪です、円佳さん。そんなの見せるなんて……」

見せるだけでは終わらず、円佳は濡れた指を紗理亜の口に含ませた。一瞬だけビクッと引っ込められた紗理亜の舌は、すぐに自らの愛液を舐め取る動きに変わる。

「んっ……んくっ……はぁ、はぁ、エッチな味ですぅ……」

飲み込んだ愛液がそのまま身体を通って落ちていったかのように、紗理亜の股間の泉は濡れようを増した。つられてヴァギナへの相互愛撫も激しくなるのだが、ここに来てもまだ円佳は紗理亜を言葉で辱《はずかし》めるのを忘れない。

「紗理亜、周りの人たちもちゃんと私たちを見ていてくれてるわ。興奮してる人もいれば、（最低の露出狂だな、あの子は）って軽蔑《けいべつ》してる人もきっと……」

「そんな……でも、仕方ないのかな。だって、さっきから私……はぁぁぁん！　こんな声ばっかり出してるもん」

「男女のカップルとは別に、痴漢《ちかん》とかいるかも。それも大勢の人数が……私たち二人、無理やり近くの茂みに引きずり込まれて……レイプされちゃうなんてことも」

「イヤァッ！　た、助けて、円佳さん……私、初めてをそんな形では……」

恐怖を訴える言葉に反して、紗理亜の秘裂はキュッと円佳の指を締め付けた。

「ふふっ、エッチなこと、想像しちゃったのね。いいわ、イキなさい。男たちにレイプされてバージンを奪われるのを想像しながら、イッちゃいなさい！」

「イヤです、そんなの……イヤなのに……あっ、イクぅ！　いい、いいの……イク、イッ

第4章　終わりのない夜

ちゃう……あぁっあっあぁあぁあっ！！！」

円佳の身体にすがり付きながら絶頂に達した紗理亜は、霞《かす》んでいく意識の中で思った。

（……裕紀さんにメールを送ろう。私は変わってしまった、と。それから少しずつ、ありのままの私を知ってもらって……それで裕紀さんに嫌われるようなことになったとしても、私は……）

★　　★　　★

《裕紀さん、いろいろとご心配かけてすみませんでした。でも、私、吹っ切れました。気付いたんです。自分の気持ちに嘘《うそ》をついたらいけないって。できたら、裕紀さんにも新しい私を受けとめてほしいです》

裏の事情、円佳から調教を受けていることを知らなければとても理解できない内容の紗理亜のメールに少し遅れて、裕紀は円佳から『調教完了』の報告を受けた。

「受けとめてほしい……か。無論だよ、紗理亜。君の言う、『新しい私』……そのように君を変えた張本人は誰でもない、この俺なのだから」

今、裕紀は咲が丘市を離れ、何週間……いや、何ヶ月ぶりになるだろうか、彼の父親と母親の住む自宅に戻り、その無意味に荘厳な正門をくぐっていた。

周囲の住人からは『渡良瀬御殿』とも呼ばれる邸宅、そこに家庭と言うべきものは存在していなかった。

裕紀の父親は傲慢《ごうまん》を絵に描いたような人物で、決して家族を顧みることなく、親から受け継《つ》いだ財力と権力を使って自らの欲望を満たすことのみに生きていた。

一方、母親も経済的理由のみで結婚した事情を持ち、跡取り息子である裕紀を産んだことで自分の役目は終わったとばかりに、ある時は新興宗教に、又ある時はホストクラブにと好き勝手に遊び回る人生を送っていた。

だから、裕紀の帰宅を迎えたのも、「お帰りなさいませ、裕紀様」という使用人たちの儀礼的な意味以外は持たない言葉だけだ。

清掃が行き届いた清潔さだけが取り柄の長い廊下を歩き、かつては自室だった部屋を見向きもせずに通りすぎた裕紀が辿りついたのは……この家の中で唯一、思い出が残されている場所……亡《な》き妹、『渡良瀬まゆ』の部屋だった。

「まゆ……」

部屋のドアノブに手をかけた状態で、裕紀は開けるのを躊躇《ためら》う。

(もしかしたら、あれからのことは全て悪夢で……ここを開けたら、まゆがいつものように……「おにいちゃん、又、ノック忘れてるぅ!」って抗議してきて……でも、全然顔は怒ってなくて……あの目映《まばゆ》いくらいの笑顔を見せてくれて……)

あまりにもバカバカしい幼稚《ようち》な考え、しかし、自らの全てを抛《なげう》ってでも取り戻したい夢想……それを頭から振り払って、裕紀はドアを開けた。

やはり、部屋には誰もいない。

だが、部屋に一歩足を踏み入れた瞬間から、裕紀の雰囲気《ふんいき》は今までと一変する。

円佳に紗理亜の調教を命じる、酷薄な笑みが似合う男……。

紗理亜が『チビ』を預けてもいいと思えた、優しげな好青年……。

今、そこにいるのは、そのどちらでもなく、均整の取れた長身以外はどこにでもいそうな、むしろ周りには大人《おとな》しめな印象を与えるであろう、普通の二十歳の男性、『渡良瀬裕紀』である。

一変した、と言うよりも、戻った、と言った方が正しい。

今から数年前……そう、まだ妹のまゆが生きていた頃の裕紀に。

……その頃は、三つ年下の妹のまゆだけが裕紀にとって家族だった。

両親から愛情を受けずに育てられてきた環境を、裕紀は「仕方ない」と諦めていた。

そのぶん、まゆに愛情を与え、まゆからも愛情を受けられれば……兄妹で互いに支え合っていけばいいと信じていた。

しかし、まゆは違った。

家族の絆《きずな》を取り戻そうと願い、結果の出ない努力を健気《けなげ》に続けていた、まゆ。

悲劇が訪れた日もそうだった。

父親の愛人の存在を知ってなんとか別れてもらおうと訪ねていったまゆの行動は、その日も無駄に終わった。愛人の「無理よ……」というニベもない返事によって。

その愛人が、円佳の母親、涼子だったのは言うまでもない。

そして、失意のままの帰り道、不慮《ふりょ》の交通事故に遭《あ》い、まゆは命を落とした……。

……まゆの死は、同時に裕紀の半身の死でもあった。

それを象徴するように、まゆの部屋は亡くなった日から時間が止まってしまったかのようにそのままの状態で保存されている。

書きかけの日記帳……脱ぎ捨てられたままの学校の制服……。

壁のカレンダーには、裕紀と映画を見に行く予定になっていた日曜日の箇所に大きな花丸が書き添えられている。

「そう……あの時、まゆがどうしても俺とその映画が見たいって珍しく駄々をこねて……日曜日用の、俺のお出かけファッションまで勝手にコーディネートしてきて……なのに、まゆ、お前は……」

喉《のど》に石ころが詰まってそれが込み上げてくるような感覚に、裕紀は襲われる。

だが、涙は出ない。哀《かな》しみだけが裕紀の中に蓄積していくだけで。

「まゆ……」

裕紀はもう残り香もなくなったまゆのベッドに顔を伏せて、記憶の中にしかいないまゆに向かって語りかける。

「……もうすぐ紗理亜って女の子が手に入るんだ。見たら驚くぞ。まゆにそっくりな子なんだ。素直で優しくて世間知らずで……けど、そんなだから、あの時、お前は……」

裕紀はまゆの代わりに目の前の枕《まくら》を抱きしめる。

「でも……安心していいよ、まゆ。俺がまゆに似た女の子たちをみんな変えてやるから。あんな酷《ひど》い両親にさえ救いがあると信じていたまゆのような子はもう……まゆ、お前は変わらなくていいんだからね。お前だけはずっとあの日のままで……」

それが、心の拠《よ》り所を失ってしまったがゆえに生じた、裕紀の歪《ゆが》んだ行動の動機だった。

スタート地点からもう出口のないのが分かっているラビリンスを、裕紀はまゆが死んだあの日からずっとさ迷い続けていた。

第5章　ほんとうの幸せ

（裕紀さん、どうしたのかなぁ……）

円佳が『調教完了』と裕紀に報告した翌日、紗理亜は思い悩んでいた。

（裕紀さんからお返事メール来ないけど……やっぱり、いきなり「新しい私《わたし》を受けとめてください」なんてメールを私が送ったから、呆《あき》れちゃったのかな）

思い切って紗理亜は直接電話をかけてもみたが、やはりそれも留守電に設定されていて裕紀の声を聞くことはできなかった。

（裕紀さん、確か大学生だから、いろいろと忙しいのよね。今まで毎日メールを返してくれたこと自体、ラッキーだったのよ、うん）

紗理亜がそう自分を言い聞かせた時には、この日はもう放課後を迎えていた。

「……紗理亜、今日は図書室に行きましょうか」

放課後には、当然のように円佳が紗理亜のいる教室へと出向いてくる。

紗理亜も又、円佳を「はいっ！」と喜んで受け入れる。円佳が図書室に誘ってきたのには、通常の目的、本を借りたりする以外に何かあるのだろうと予感しつつ。

案の定、「紗理亜はどんな本が好きなのかしら？　まさか、絵本？」などと適当な会話をしながら図書室の一番奥の本棚の近くに辿《たど》りついた時、円佳の口から紗理亜も薄々予感していた、非常識な命令が下される。

「ところで、紗理亜……ここでオナニーしなさい」

「は、はい……へっ？　オナニーって……！　円佳さんがあんまりにもあっさり言うから
つい返事しちゃいましたけど……ここってすぐ近くに人が……」
目に見える場所にはいないが、紗理亜の指摘通り、本棚の向こう側では誰《だれ》かが静々と歩
く足音が聞こえる。
「だから、なんじゃない。今の紗理亜は自分の部屋でオナニーするくらいでは、もう感じ
られないはずよ。最低でも、誰かに見つかってしまうかもしれないっていうスリルがない
と」
「そんなぁ……決めつけないでくださいよぉ」
「ふぅぅん……私の言うことが聞けないってわけ？　だったら、もう紗理亜に気持ちいい
こと、してあげない。私と紗理亜の付き合いもこれまでってことに……」
「ま、待ってください！　私、やります。オナニー、やりますから……」
紗理亜が一度は断ろうとするのも、円佳が脅しをかけたりするのも、二人にとってはも
はやプレイのうち、過程の一つと言っていい。
「ただオナニーするのも芸がないわ。そうねぇ……せっかく図書室に来てるのだから……」
円佳は目の前の本棚から適当に本を一冊取りだし、紗理亜に手渡す。
「これを使ってやりなさい。本の角をアソコにこすり付けて、ね」
「え〜っ！　でも、そんなことしたら本に悪いような……」

「いいのよ。知識欲を満たすのが本の役割でしょ。満たす対象がちょっと知識欲から性欲に変わるだけなんだから、問題なしよ」

円佳の強引さに押し切られ、紗理亜は本を使った自慰を始める。今一つどうすればいいのか分からず、とりあえずといった感じでスカートの上から足の間に本を挟み、その角で秘所の部分を上下にこすり上げた。

「んっ……はぁっ……こんなんでいいんでしょうか？　なんか、これって……」

「指でするより、もどかしいでしょ？　そこがいいのよ。大体、指でなんか弄《いじ》ったら、紗理亜のことだからすぐに大きな声を上げちゃって、図書室にいる人たちにバレちゃうわ」

「あ……んっ！　わ、私、そこまで恥知らずじゃあ……」

「それにね、本来、女の子がオナニーを覚えたばかりの時は、今してるみたいに机《つくえ》の角とかでするものなのよ。直接、指で触れるのは怖《こわ》いから」

「そういうものなんですか？　でも、私は最初から指で……やっぱり、私って……」

自分がエッチだと感じるのは、紗理亜には非常に効果的だ。秘所に当てられていた本はいっそう押し付けられ、上下運動も激しくなった。

「あら、あら、紗理亜ったら……でも、世界に名だたる文豪《ぶんごう》の著作を愛液で汚してしまうのは、さすがに引け目を感じるから……」

そう言って、円佳は紗理亜から本を取り上げた。代わりに、円佳の手が刺激を与えるべ

第５章　ほんとうの幸せ

く紗理亜のスカートとその下のショーツをかいくぐる。

「自分の指でしたら、やっぱり声が出ちゃうでしょ。そうならないように私が巧《うま》くコントロールしてあげる。紗理亜の手は万が一のために口を押さえ……って、紗理亜ったら」

紗理亜の手は口にではなく、自らの胸への愛撫《あいぶ》に向けられていた。

「はぁぁん……だって……駄目《だめ》なんです。本棚越しに誰かがいると思うと……その人に気付かれちゃうって思うと、身体《からだ》が反応して……感じちゃうんですぅ！」

「本当に見られるのが好きなのね、紗理亜は。じゃあ、パンツの中に入ってる私の指は特に動かす必要はないかしら？」

「い、イヤッ！　動かしてください！　円佳さんの指で私のアソコをかき回して……私をイカせちゃってくださいっ！」

円佳の調教のもと、すっかり見られる悦《よろこ》びをマスターした紗理亜だったが、だからといって本当に校内で誰かに見られるわけにはいかない。ましてや、知り合いには。

「……あれっ？　こっちの方で声がしたと思ったんだけど……あっ、やっぱ、いた、いた。紗理亜～！　って、おっと、図書室内で大声は厳禁、厳禁、と」

紗理亜を見つけて声をかけてきたのは、たまたま図書室に来ていた和子だった。

和子の声が聞こえた時点で、円佳と紗理亜は急いで淫《みだ》らな行為を中止して身なりも整えた。そのおかげで間一髪、近付いてきた和子に見咎《みとが》められずに済んだ。

「ん、蓮見先輩もいらっしゃるじゃないですか。どーも、こんにちは」

「こちらこそ。ええと、あなたは確か……真行寺さん、でしたわね」

和子に何か悟られやしないかとドギマギしている紗理亜に比べて、円佳は余裕である。紗理亜の愛液が少し付着した指を、和子の見ている前で堂々と舌で舐《な》め取ったりもする。

「それはそうと……最近はいつも二人して仲のおよろしいことで。でも、あんまり独占してると嫉妬《しっと》の渦《うず》に巻き込まれちゃいますよ」

「嫉妬？　私と菊川さん、どちらに、なのかしら？」

さらりと円佳は『紗理亜』ではなく『菊川さん』と言い換えているのだから、さすがだ。

「どっちも、ですよっ！　蓮見先輩には私設親衛隊（本人無認可）がいるみたいだし、紗理亜もアタシを含めたクラスの大半が、『紗理亜愛好会』のメンバーみたいなもんだし」

「はう～っ、『愛好会』って、ワコちゃん……私、ペットか何かじゃないんだから……」

「ふふっ、そう言われても仕方ないわ。だって、菊川さんってこんなに可愛《かわい》いんですもの」

そう言って、円佳は紗理亜をギュ～ッと抱きしめた。こうもあからさまな態度を見せれば、たとえ和子が二人の関係を怪《あや》しんでいたとしてもその疑いは晴れただろう。

「あ～～っ、蓮見先輩、ずるいですよぉ！　紗理亜をハグするのはアタシの特権で……と、こんなことを言いに来たんじゃなかった」

和子はハタと思い出し、彼女曰《いわ》く、『今さっき職員室で耳にしたマル秘スクープ』とやらを円佳と紗理亜に語る。

「スクープっていってもグッドニュースよ。数学の田中、別名『セクハラ大王』が首になるらしいよ。ウチの担任の鈴木《すずき》っちが「アイツもバカなことをしたもんだ」とか言ってたから、たぶんセクハラ大王の必殺技、『お尻《しり》スリスリ』でもバレたんじゃない？」

「ホントなの、ワコちゃん？　あの田中先生が……あっ……！」

「おっ、紗理亜もなんかセクハラ大王の被害に心当たりでもあるの？　ほら、ほら、この正義と真実とちょっぴり好奇心の美少女生徒、ワコ様に告白してみなさいって！」

「そうじゃなくて……ううん、別に、なんでもない……」

紗理亜の心に一つの疑念が生まれる。田中の話を聞いても、「そう……」と無関心な反応しか見せなかった円佳に対して。

(昨日のお昼休み、田中先生と言い争いになった円佳さんが何か……まさか、ね)

否定はしてみても、一度生じた疑念はなかなか紗理亜の頭から離れない。

それが消失……いや、忘却されるにはその日の深夜まで待たねばならなかった……。

★　★　★

「あ、あああっ……円佳さん、こんな格好、やっぱり恥ずかしいです……」

「何を言ってるの。下のお口をこんなにビショビショにしてる人が……」

消灯時間の過ぎた寮内《りょうない》、その紗理亜の部屋では、電気スタンドの仄《ほの》かな光に照らされて二つの白い肢体《したい》がベッドの上で絡み合っていた。

途中で終わってしまった図書室での羞恥《しゅうち》プレイの落とし前のように秘め事が始まってしまえば、もう紗理亜には田中の転勤と円佳の間に何があろうとなかろうと関係ない。

「紗理亜のココ、ヒクヒクしてるわよ。『早く弄って』と言わんばかりに」

「そんなこと言ってま……ふぁうっ！　や、クリトリス、摘《つま》まれたら……ひゃううぅっ！」

全裸の二人は、下に円佳、上に紗理亜とシックスナインの体位を取っている。だが、せっかくの相互愛撫の形も円佳からの刺激が強すぎて、紗理亜は一方的に責められるばかりだった。

「駄目よ、紗理亜。自分だけ気持ちよさそうにお尻を振って、私の顔に愛液を撒《ま》き散らしているだけでは。さあ、私のアソコも可愛がってちょうだい」

「は、はい……円佳さんのアソコ……円佳さんのアソコを私が……」

嬌声《きょうせい》を上げ続け天井を向いていた顔をゆっくり下ろすと、紗理亜の視界に円佳の秘所が映る。ヴァギナの輪郭《りんかく》をなぞるように生えた恥毛が今は愛液のせいでべったりと肌に張り付き、膣穴《ちつあな》から肉襞《にくひだ》まで余すところなく見える様子が、紗理亜にはとても煽情的《せんじょうてき》に見える。

「円佳さんのココ、エッチです。羨《うらや》ましいくらいにだから……えいっ！」

紗理亜はおもむろに二本の指を、円佳の肉の合わせ目をかき分けて挿入《そうにゅう》させた。

「んはぁっ！　ああ……紗理亜の指の形が分かる……紗理亜、もう一本増やして……そして、ズンズンッて出し入れしてぇっ！」

リクエストに応《こた》えて紗理亜が三本の指をピストンさせると、それに合わせて円佳の腰もついてきてベッドから浮き上がる。指が感じる圧力と共に、紗理亜は改めて円佳の膣の締め付けに驚く。（私の指が男の人のアレだったら、やっぱり凄《すご》く気持ちいいんだろうな）と。

充分感じてはいたものの、単調な指の動きだけではまだまだ円佳を快楽の底に引きずり込み、理性を失わせるまでには至らない。ファーストキスから紗理亜を蕩《とろ》けさせた舌技を、円佳は愛蜜《あいみつ》を花園から啜《すす》り尽くすのに使った。

「ひっ、はうぅ～っ！　こ、これって……円佳さんが私のアソコを……舐めてる？　私、さっきお手洗い行ったのに……ちゃんと拭《ふ》いたけどまだ……」

紗理亜にとっては初クンニ、それだけでイッてしまいそうになる彼女に、円佳から更に追い討ちがかかる。

「ふふっ、どうりでちょっと違う味がするって思ったわ。私にオシッコを舐めさせた罰《ばつ》として、この固くなっているお豆を……皮もしっかりと剥《む》いて……」

「お豆って……あっ、そこは……ひぃぃぃっ！　クリトリスを剥き出しにされたら……はうっ！　円佳さんの息がかかってるだけで、私……あぁぁっ……！」

淫らな行為に耽《ふけ》っている間、円佳は紗理亜の拒絶の願いをほとんど無視する。この時もまさにそうだった。

「前に私の乳首をグミみたいだって言ったわよね、紗理亜は。ここもお豆というよりも、そうみたい。だから……グミならやっぱりお口で……」

円佳は紗理亜の剥き出しになった愛芽を口に含み、オマケに歯で甘噛《あまが》みした。

「んくぅぅっ！　は、弾《はじ》けるぅぅっ！　イク、イッちゃう……私も弾けちゃうのぉっ！はぁあああっ！！！」

紗理亜は円佳の顔面に潮吹きによる愛液のシャワーを浴びせながら、忘我の境地、オーガズムに達した……。

……紗理亜が一度目の絶頂からいくつか数を増やし、円佳も一度イッた後、裸のまま二人はベッドの中で快楽の余韻に身を任せていた。

少し乱れた紗理亜の髪を優《やさ》しく指で梳《す》きながら、円佳はずっと前から用意していた言葉を遂《つ》に告げる。

「紗理亜……あなたに会わせたい人がいるの」

「私に会わせたい人……ですか？　それって一体……」

質問を口にしようとした紗理亜の口を、円佳は封じた。梳いていた髪の毛をくすぐるように紗理亜の口へ持っていくことで。

「今週の週末、一緒に外出許可を取って……いいわね？」

円佳が何となく視線を逸《そ》らせているような様子も気になったが、紗理亜はいつものように「はい……」と応じる。

なぜなら、紗理亜はもう円佳を選んだのから。他《ほか》の誰でもなく、円佳を……。

★　★　★

そして、運命の時、週末の土曜日の夜がやってきた。

円佳が紗理亜を連れていったのは、マンションの一室、裕紀が忠実な下僕として円佳を、以前に調教のターゲットだった麻耶を抱いた、その場所だ。

ドアを開けた円佳は、紗理亜を先に中へ入らせた。こんな時でも脱いだ靴《くつ》をきちんとそろえた、親の躾《しつけ》の行き届いた紗理亜も、ぼんやりとしか明かりの灯《とも》らない室内の様子に緊張を隠せない。

「円佳さん、この部屋って……？」

「私の……御主人様の部屋よ。そして、あなたもよく知っている人の……」

「えっ、今、『御主人様』って言いました、円佳さん？　それに、私も知ってるって……」

紗理亜が悩む暇もなく、円佳の『御主人様』の顔をした……紗理亜の見たことのない冷たい表情を浮かべた、裕紀が部屋の奥から姿を見せた。

「ようこそ、俺《おれ》の部屋へ……歓迎するよ、紗理亜ちゃん」

「えっ……？　裕紀さんがどうして……裕紀さんと円佳さんは知り合いってこと？　じゃ

あ、円佳さんが『会わせたい人』って……『御主人様』って、まさか……」

混乱、困惑、衝撃……その全《すべ》てがコラージュされた紗理亜の顔を、裕紀は楽しむ。

「そう、俺のことさ。君と出会ったあの雨の日の出来事だけが偶然で、あとは全て俺が仕組んだ。円佳が学園に編入したのも、君に近付いたのも、そして……君にいろいろな調教を施したのも……円佳、あれを見せてやれ」

「はい……」

裕紀の『あれ』だけで全てを承知して行動する円佳の姿は、二人の主従関係を示す。

円佳が部屋の隅《すみ》のデスク上にあるパソコンの画面を開くと、そこには紗理亜の初めての自慰から先日の円佳とのシックスナイン行為に至る、全ての映像が次々と映し出された。

「えっ……？　これは私の部屋……そんな……そんなことって……イヤァアアアッ！」

自分の淫らな姿が記録されていたことにショックを受け、紗理亜は目と耳を塞《ふさ》ぐ。

その紗理亜に裕紀は近付き、囁《ささや》きという手段で更に彼女を追い込んでいく。

「見ての通り、君が『親切な人』を演じている俺とメールを交換している時も、俺の方は全て知っていたんだよ。この映像のみならず、円佳から事細かに報告を受けていたからね」

紗理亜の驚愕《きょうがく》に、裕紀は愉悦《ゆえつ》が抑《おさ》えられず喉《のど》の奥から笑い声が洩《も》れる。

「くっくっくっ……初めはオナニーすらしたことなかったのに……しまいにはバイブをしゃぶり、それで処女膜を破ってほしいと思うまでに……屋上や公園での、他人の視線を感じながらのプレイはどうだったかな？　今はそれ以上に羞恥を感じているはずだよ」

「どうして……」

くぐもった声で、紗理亜が尋ねる。

「裕紀さんがメールでいろいろと励《はげ》ましてくれたのも全部嘘《うそ》で……円佳さんが優しく接してくれたのも裕紀さんの命令だからで……どうしてこんなことを……なぜなんです！」

裕紀の顔からフッと笑みが消える。

「俺にはね、妹がいたんだ……可愛くて素直で、妹のまゆだけがモノクロのような日々の中で唯一の救いだった……だけど、まゆはもういない。死んでしまった……そして、あの雨の降る日、俺は君を見つけた。驚くほど、まゆに似た君を……」

「それじゃあ、私は……」

亡《な》き妹のことを語る雰囲気《ふんいき》の変わった裕紀を見て、かすかに抱いた紗理亜の期待はすぐに裏切られる。

「君はそう……妹の代わりさ。断じてそれ以上じゃない。そして……まゆの代わりとして俺が選んだ女の子は……紗理亜、もう君で何人目になるだろうか」

「ひ、酷《ひど》い……代わりだなんて……」

淫らな姿を知られたのよりも、全てが計画のうちで騙《だま》されていたのよりも、単なる『妹の代わり』と、一人の人間として見てもらえていなかったことが何よりも哀《かな》しく、紗理亜の目から堪《こら》えていた涙がこぼれた。

「さあ、お喋《しゃべ》りはこのくらいにして……円佳、お前が施した調教の成果を見せてもらうぞ」

それが、性の宴《うたげ》の始まりを告げる合図だった。

宴の主賓《しゅひん》は紗理亜であり、出されるメインディッシュも又、彼女である。

紗理亜がそれを理解する前に、裕紀が彼女の服を引き裂くように脱がせ、その華奢《きゃしゃ》な身体を円佳が背後から拘束する。今までに何度も繰り返してきた行為のため、見事なコンビネーションだ。

「駄目ぇぇえっ！　ゆ、許してください。こんなのって……んぐぅぅうっ！」

抵抗する紗理亜の口に裕紀の肉棒が無理やり突っ込まれた。

「ふっ……どうかな、紗理亜？　バイブとは違うだろ。熱を持ち、匂《にお》いもあるし、ドクッドクッと脈動もする。そして一番の違いは、まだまだ大きくなっていくことさ」

紗理亜は咥《くわ》えるのが精一杯だったため、裕紀はその頭に手を置いて前後させる。いわゆる、イラマチオの状態だ。身体を押さえていた円佳はそのおかげで片手を自由にできたため、紗理亜の乳首を摘み出す。口の方はとっくに紗理亜の敏感な首筋に舌を這《は》わせていた。

「悦んで裕紀様のペニスに御奉仕しなさい……とまでは言わないけど、少しは自分から感じるようにした方がいいわよ、紗理亜。さもないと、今、咥えているその太いモノがあなたのアソコに入ってきた時……」

「……！　んんんんっ！」

今頃《いまごろ》になって貞操《ていそう》の危機を感じて脅《おび》え出す紗理亜に、更に裕紀は処女喪失前の苛酷《かこく》なハードルを用意する。

「円佳、やっぱりバイブでのフェラ練習は駄目だな。所詮《しょせん》、作り物は作り物だ」

「申し訳ありません、裕紀様。ですが、それは裕紀様の持ち物が特別ですから……」

「ふん、下手《へた》なお世辞《せじ》だな。まあ、俺のモノを頬張《ほおば》りながら歪《ゆが》んでいる紗理亜の表情は悪くない。だから、バイブと本物の最も大きな違いを紗理亜に与えてやることにしよう」

裕紀の意図は明らかで、分からないのは実際にそれを受ける紗理亜だけだった。

「出すぞ、紗理亜。そして、一滴残らず俺のザーメンを飲み干すんだ」

「羨ましいわ、紗理亜。まだバージンのうちから裕紀様の精液を頂けるなんて」

『ザーメン』は分からないが、円佳の口にした『精液』で紗理亜がようやく理解した時には、もうその口中に喉を突く勢いで裕紀の射精が実行された。

「ん〜〜〜〜っ！　んんっ……んぷっ、んぐっ……」

裕紀の手で頬を、円佳の手で顎《あご》をと、ガッチリと固定されていたため、紗理亜はドロドロした大量の精液を胃の中に向かって流し込むしかなかった。嘔吐感《おうとかん》と闘《たたか》いながら飲み込むのに苦労する紗理亜を尻目に、その頬にピュッと最後の射精が飛んだ。

「紗理亜、あなた、幸せ者よ。初フェラに、初の精液飲み、それに初の顔射も経験できて」

円佳の言葉はなんの慰めにもならず、紗理亜はただ「苦《にが》い…」とだけ呟《つぶや》いた。

されど、処女喪失までに紗理亜が越えねばならないハードルは続く。

床に仰向《あおむ》けに寝かされた紗理亜は両足を円佳に抱えられ、裕紀に向かって股間《こかん》が余すところなく丸見えになる、まんぐり返しの状態にされた。

「裕紀様、私の仕込み具合を、どうぞ御覧ください」

「ほぉ、これが紗理亜のオ○ンコか……やっぱりナマで見ると感慨もひとしおだな」

「み、見ないでくださいっ！　お願い……もう、許して……」

紗理亜が「ひっく、ひっく……」としゃくりあげるのをＢＧＭに、裕紀は感想を口にする。

「バージンとはいえ、十五歳のものにしては幼いな。ビラのはみ出しは全然ないしクリトリスも埋没したまま、陰毛だって産毛《うぶげ》みたいだぞ。俺はそういった趣味はないんだが」

「いえ、これからです、裕紀様。この幼いオ○ンコが裕紀様の視線を感じることで……」

円佳の予告通り、じきに紗理亜のスリットから液がじんわりと滲《にじ》み出してきた。それに従い、ヴァギナ自体も口を開き、膨張を始めたクリトリスも頭をもたげる。

「なるほど。さしずめ、昼は淑女《しゅくじょ》で夜は娼婦《しょうふ》という女の一つの理想形、そのオ○ンコ版か。なかなかの仕上がりだ。よくやったぞ、円佳」

「お褒《ほ》め頂きありがとうございます、裕紀様。円佳はその言葉だけで幸せです」

勝手なことを言っている二人の会話は、紗理亜の耳にほとんど入っていない。こんな状

況で濡《ぬ》れてしまう自分が信じられない気持ちで、紗理亜の頭は一杯だったのだ。

「観賞が済めば、次は味見だな」

裕紀のその一言で、紗理亜はやっと我に返った。

「味見って、まさか……イヤッ！　そんなことされたら、私……駄目ぇぇぇっ！」

秘所を裕紀に舐められたくない嫌悪感と同じくらいに、紗理亜の中にはクンニをされて今以上に感じてしまうことへの恐れがあった。

嫌がるのを無理やりに……というパターンに飽きてきた裕紀は、妙案を思いついた。

「そうか……紗理亜は俺みたいな酷い奴《やつ》に舐められたくはないってわけだな。分かった。じゃあ、紗理亜が悦ぶ相手と代わってあげよう」

紗理亜は思わず円佳の方に視線を送ったが、裕紀はそれを否定する。

「円佳ではないよ。その相手とは……君と俺との出会いのきっかけを作ってくれた、愛すべき存在……今は隣りで一眠りしてるか、それとも歩き回ってるか……」

「まさか……それって……」

「そう！『チビ』くんさ。彼の好物の猫缶《ねこかん》の中身でも、君のアソコに塗ってやれば……」

「駄目、そんなこと……絶対に……駄目ぇぇぇっ！」

紗理亜は叫ぶ。『チビ』だけは今、自分の身に起きている悲劇から守ってやりたい一心で。

「おいおい、あんまりワガママを言うなよ。『チビ』も駄目だとなったら、あとは……」

「私は裕紀様をさしおいて……などという行為は絶対にできません」

「……ということらしい。俺も無理やりにしたくはない。まあ、是非《ぜひ》にと頼まれたなら別だが。やっぱりここは『チビ』くんのご登場ということに……」

鈍《にぶ》い紗理亜もここまで来たら、裕紀の意図に気付いた。そして、それを実行する。

「……ゆ、裕紀さん。私のアソコを……舐めて……ください……」

恥辱にまみれながら口にした紗理亜の言葉にも、裕紀は無反応だ。

見かねた円佳に耳打ちされた後、紗理亜は再び裕紀に懇願《こんがん》を始めた。

「……お願いします、裕紀さん。私の……私のエッチなお汁でベトベトになったイヤらしい……オ、オ○ンコを……裕紀さんの舌でキレイにしてください……！」

「ふっ……そこまで頼まれたら仕方ないな。まっ、いいだろう」

さんざん勿体《もったい》つけた挙句《あげく》、裕紀は紗理亜の秘所に対してクンニを始める。

「ひゃうっ！　えっ、嘘……そんな奥まで……あっ、そこは……はぁぁん！」

裕紀の舌技は円佳以上、加えて彼の舌は異様に長く柔軟で、普通では届かない部分まで紗理亜の膣内を蹂躙《じゅうりん》する。その凄《すさ》まじさは、脇《わき》で見ているだけの円佳も自分で股間を慰めるほどであった。その円佳にも舐められたことのない尻の穴の中まで舌で拡張された末、長時間続いたクンニは紗理亜を軽い絶頂へと何度も導いた。

「これだけ濡れていれば問題ないな……さて、開通式といくか」

紗理亜以前に凌辱《りょうじょく》した女の子たちも、その全てが処女であった。かといって、裕紀は特に処女を奪うことに固執していない。それまでの過程を楽しむために必要な、一つの要素みたいなものだ。

今も実にあっさりと、裕紀は屹立《きつりつ》した股間の肉棒を紗理亜の濡れてテラテラと光っている処女孔《しょじょこう》に宛《あて》がって、「いくよ…」等の言葉を何もかけずにそのまま中へ挿入した。

「いっ！！！　痛いっ！　円佳……さん……助け……うぐぅぅぅっ！」

無論、円佳は救いの手を差し伸べない。それどころか、破瓜《はか》の激痛にずり上がろうとする紗理亜の身体をしっかりと押さえつけていた。

無理やりこじ開けるように、裕紀の肉棒は根元まで紗理亜の中に入った。痛みがおさまるまで動かずにじっと待つ気遣《きづか》いは裕紀の頭には皆無《かいむ》で、すぐに抜き差しを始めた。裕紀の持ち物は特にカリ高のため、それが紗理亜の膣壁を削り取るように傷付けていく。

「ひぎぃぃぃっ！　こ、壊れちゃいます……はぅぅっ！　酷いです、こんなのって……こんなのって……」

裕紀の容赦ない腰の動きは、膣奥への射精が達成されるまで続く。そこまで優しい言葉一つかけなかった裕紀は、その膣内射精の事実のみしっかりと紗理亜に伝えた。

「それでは、そろそろイカせてもらうよ、紗理亜。たっぷり君の子宮に俺の精子を注ぎ込んでやる。今日が安全日であるのを祈ってるよ」

「精子……安全日……えっ、や、やだ……イヤッ……やめて……」

暴れ出す気力も失せ、ただ言葉のみで抵抗を示す紗理亜の膣内に、やがて裕紀の精液が吐き出された。

「ああああっ……赤ちゃん、できちゃう……私、初めてなのに……」

うわ言のようにそう呟く紗理亜を無視して、破瓜の出血とその他諸々が付着したペニスを引き抜くと、すぐさま円佳がそれにしゃぶりついた。

「んむっ、んちゅ……裕紀様ぁ、紗理亜をここまで仕上げた御褒美《ごほうび》を……」

「俺はもう少し紗理亜の初物ならではの締め付け、その余韻を楽しみたいんだがな。まぁ、円佳が自分で勝手に動くぶんには構わないぞ」

裕紀の許しを得た円佳は嬉々《きき》として彼の上に跨《また》がり、早くも復活を遂げてそそり立った肉棒を自分の中におさめた。

「はぁううっ！　やっぱり裕紀様のペニスは最高ですぅ。それに……紗理亜の姿を見ていて思い出しました。私が裕紀様に処女を捧《ささ》げた時のことを……！」

「ふん……そういえば、その時も今みたいに俺の上で腰を振っていたな、円佳は」

「ち、違いますぅ！　あの時の私はさっきの紗理亜よりももっと泣き叫んで、愚《おろ》かにも裕紀様を呪《のろ》う言葉まで吐いたりして……でも……」

円佳は身体を前に倒し、裕紀の胸の上に預ける。

「……全てが終わった時、裕紀様が私に……『俺に従え』って言ってくださった。それが私はとても嬉《うれ》しかった……」

裕紀はそんな円佳を……自分に甘えてくるような円佳を必要とはしていない。

「ほら、もっと腰を使えよ。そうしないと、円佳の好物のチ○ポが萎《な》えてしまうぞ」

「すみません、裕紀様……んんっ、ああっ！　全然、萎えていません。裕紀様の……凄く固くて太いのが、私の奥をズンズンって……もうイッちゃいそうですぅ！」

肉と肉とが激しくぶつかり合う横で、処女喪失のショックに夢の世界へ逃避していた紗理亜の意識が円佳の嬌声により引き戻された。ぼんやりとした視界に映るのは、騎乗位《きじょうい》で腰を振る円佳の姿で、それは紗理亜が初めて性の世界に触れたあの公園での光景とシンクロしていた。

（円佳さん、気持ちよさそう……気持ちいい？　そう、私が変わったと自覚したのもそれが理由だった……だったら、さっきのは痛いだけだったけど、私も今の円佳さんみたいに気持ちよくなれるとしたら……）

それとは別に、普段はあまり感情を表に出さない円佳が今はそれを全てさらけ出していると、紗理亜は感じた。その結論として紗理亜が得たのは、主従関係という少々いびつな形でも円佳が心の底から裕紀を愛している……その事実だった。

(円佳さんは裕紀さんを……その円佳さんを私は選んだ……そして、私は裕紀さんに見つけられた。妹さんの代わりとして……二人ともそれぞれ一方通行な感情かもしれないけど、でも……それでも、これって繋《つな》がってるよね)

紗理亜は無理にそう思い込もうとしている……のかもしれない。

しかし、ただ絶望に打ちひしがれているよりもずっとマシなことで、普段はやや気弱に見える紗理亜の中に秘められていた、強さであった。

心の整理がつくよりも先に、身体が反応を見せる。床に横になっていた紗理亜の腿《もも》がすり合わされ、何かを模索していた。

裕紀はその仕草を見逃さず、唇の端を歪めて笑みを作った。どちらかというと、紗理亜も裕紀が気付いてくれるのを期待していたはずだ。

「どうされたいのかな、紗理亜は。確か、君は素直な子だったよな」

円佳も動きを止めて見守る中、紗理亜は裕紀の問いかけに応える。

「私は円佳さんに向ける想《おも》いと同じくらいに、裕紀さんにも憧《あこが》れていました……だから、お二人に愛されたい……愛してほしいです」

「じゃあ、どうしたらいいのか分かるわね、紗理亜」

円佳の言葉に促され、紗理亜は迷わず二人の結合部分へと舌を伸ばした。

そのまま三人は一つの塊と化し、そして……。

紗理亜が全てを知った日から数日の時が過ぎた。

★　★　★

「……紗理亜、アンタ、又、授業中にこっそりメール打ってたけど、アタシから見ればバレバレだったよ。もうちょっと巧くやらないと、前みたいに先生に呼び出されちゃうよ」

ここは聖フェリオ女学園の一年生の教室。授業が終わるとすぐに、和子が紗理亜にそう注意をしてきた。

「大丈夫だって、ワコちゃん。それにさ、やっぱり大事な人からのメールは一刻も早く見たいし、お返事だってすぐに出したいんだもん」

「まあ、それはそうなんだろうけど……」

堂々とした紗理亜の物言いに、和子は少し気圧《けお》される。それに負けずに「大事な人って誰かなぁ？　やっぱ、紗理亜を『女』にしちゃった人？」と下世話な話題に和子が話を振り向けても、紗理亜は内容は曖昧《あいまい》ながらもはっきりと答える。

「うん……そんなとこかなぁ」

「そんなとこ、って、どんなとこだってのよぉ。この〜！」

却《かえ》って和子の方が照れ臭《くさ》くなって、ふざけた口調で自分が切り出した話題をうやむやにしようとする有様だった。

「まっ、いっか。その話は次の体育の授業が終わった、お昼休みにでもゆっくりと」

「じゃあ、早く更衣室に行こうよ、ワコちゃん。今日は走り幅跳びの測定だったよね。今度こそはクラスでブービー賞くらいにはあと、助走で転ばないように！」

苦手なはずの体育の授業に張りきる紗理亜の意外な姿を目にしては、とうとう和子も目を丸くしてあからさまな反応をせざるを得ない。

「紗理亜……アンタ、ちょっと変わった……？」

以前に紗理亜の方から尋ねた同じ質問が、今度は和子の口から出た。

「急にそんなこと聞いて……どうしたの？　変なワコちゃん！」

さらりと受け流されたような気がして、和子は「紗理亜のくせに生意気な……」とばかりに反撃に出る。いつものように背後から抱きついて胸にタッチする手に、いつもより力を加えることで。

「……やっぱ、変わってない、か。触るのに苦労する、このスレンダーな胸からすると。うん、無二の親友であり、こーしてムニムニする仲のアタシの判断だから、間違いない！」

「やぁあん！　ムニムニの親友なんていらないよぉ……」

この時ばかりは紗理亜も頬を染めて恥ずかしがったが、その理由は単に和子に胸を触られたせいではない。

（……まだ乳首が勃《た》っちゃってるの、ワコちゃんに気付かれなかったかな）

実は、授業中に紗理亜に届けられたメールの送り主は裕紀であり、その内容は……。

【紗理亜、授業中にオナニーしろ。これも俺のモノをスムーズに受け入れて、膣内でちゃんとイケるようになるための練習と思え。イクまでしっかりやるんだぞ】

……というわけで、要するに、調教メールであった。

紗理亜はその命令に従い、先程の授業中、周囲の視線を意識しつつ机の下にてスカートの中へ手を伸ばした自慰により、軽めの絶頂を体験していた。

そして、自慰と並行して紗理亜が裕紀に出した返信メールは、次の如《ごと》しであった。

《裕紀さん、今、オナニーしてます。この状況では指が動かしづらくて、こんなことならポケットに穴でも空けておいたらって思います。それに、やっぱり裕紀さんの指、ううん、アレの方が……。週末、又、楽しみにしています》

（ホント、ワクワクドキドキしちゃうなぁ。でも、今は体育、体育、と！　あっ、その前にトイレに行ってパンツ、替えないと……）

ショーツを彩る愛液の染みを翻《ひるがえ》したスカートの下に、一度の絶頂では満たされない情欲を笑顔の陰《かげ》にと、それぞれ隠して、紗理亜は和子と一緒に元気よく教室を飛び出していった。

★　★　★

そして……紗理亜が心待ちにしていた週末。

紗理亜が処女を捧げた思い出の場所、あのマンションの一室にて、三人による性の饗宴《きょうえん》が又、繰り広げられる。

三人のうちの二人、円佳と紗理亜がその部屋で身につけられるものは、ＳＭプレイ用の首輪に限定された。例外があるとすれば、たまに身体を拘束する目的として緊縛を行うロープくらいのものだ。

「あむっ、んん……紗理亜、さっきからずるいわよ。あなたばっかり裕紀様のオチ〇ポ、咥えて。順番よ、順番。下のお口の時だってそうなんだから」

「ぷはぁっ！　ご、ごめんなさい、円佳さん。でも、一度、裕紀さんのオ〇ンチン、おしゃぶりしちゃうともう離せなくなっちゃって……」

今も円佳と紗理亜は腕を後ろ手に、立ち上がれないよう膝《ひざ》を曲げた状態にそれぞれロープで拘束され、裕紀のペニスを口だけで愛撫していた。

二人の背中には、血の色の蝋燭《ろうそく》を垂《た》らした跡が点々とある。垂らしたのは裕紀で、だからこそまだ触れられてもいない円佳と紗理亜の股間の下、床にはもう少し乾き始めている愛液の染みができていた。

「れろっ、んんっ……裕紀様、できたらこのまま私たちの顔に、胸にザーメンをぶちまけちゃってください。精液用の便器だと思って……！」

「私も……そうしてほしいです。たぶんそれだけで私、イッちゃいます。お口もア～ンと開けて待ってますから……お願いします。初めてフェラチオしたあの時のように……」

第5章　ほんとうの幸せ

望まれると嫌という性分の裕紀は、二人をうつ伏せの状態に倒した。

顔が床を舐め、秘所とお尻が裕紀の眼前に突き出される屈辱的なその体勢は、顔射の願いが受け入れられなかった残念さ以上に、円佳と紗理亜を興奮させる。

「ふっ……愛撫一つしないうちからこうまで濡れているのを見ると、女を抱いている気がしないな。はっきり言って、ダッチワイフ以下だ。おいっ、少しは淫汁《いんじゅう》を止めてみせろよ」

裕紀による視姦《しかん》と被虐心を刺激する侮蔑《ぶべつ》の言葉に、却っていっそう円佳と紗理亜の膣穴からは愛液が流れ出す。

「む、無理です……裕紀様がそばにいるだけで条件反射のように、私のアソコは……」

「私も、です……そういう風に調教するよう円佳さんに命令したのは裕紀さんじゃないですかぁ！　だから、裕紀さんがどうにかしてください……お願いですぅ」

「まあ、正論だな。では、お前らのヌルヌルを止めるために栓《せん》でもしてやろうかな」

そう言うと、裕紀はわざと爪《つめ》を立てて尻を掴《つか》み、まず円佳の膣穴を股間の剛直で貫いた。

「ひぁあああっ！　そ、そうです……もっと強く、激しく、裕紀様の栓を！　だらしなく濡れてしまう円佳のマ○コに罰を与えて……んぁあああっ！」

円佳のヴァギナがキュッと収縮するのを感じると、裕紀は挿入を取り止め、今度は隣りの紗理亜を串刺《くしざ》しにした。

「くはぁあっ！　イク……イッちゃう！　挿《い》れられただけで、私のアソコ……オ○ンコ、イッちゃうのぉぉぉっ！」

それからしばらく、左右に並んだ二つの秘裂を交互に裕紀の男性自身が突きまくる、いわゆる『鶯《うぐいす》の谷渡り』が続いた。実際の鶯がどうなのかは分からないが、裕紀の動きは本人の気まぐれによるもので、何回突いたら交代、とかではなく全くのランダムだった。いつ来るのか分からない。挿入されてもいつまでなのか分からない。両手を拘束されているせいで自分で慰めることもできない。円佳と紗理亜にとっては、ないない尽くしである。快楽と焦燥《しょうそう》の狭間《はざま》をさ迷い続ける二人は、今にも気が触れんばかりの心持ちだった。

少しして、若干の変化があった。

（えっ？　なんか、今までと音が……あっ！）

隣りで円佳が貫かれている時、音の違いをまず紗理亜は感じ取った。見ると、そこではヴァギナとアナル、今度は上下に並ぶ円佳の二つの穴を裕紀が交互に犯していたのだ。

「あひぃぃぃっ！　はうっ、んあっ……らめぇ……イッひゃう……何度も、にゃんろも、イキっぱなしに……ひぁあああっ！！！」

呂律《ろれつ》が回らず、床に涎《よだれ》まで垂れ流す円佳の様子に、紗理亜も涎を隠せない。

（円佳さん、凄い……アソコだけじゃなくて、お尻もそんなにいいのかなぁ……）

紗理亜の羨ましそうな視線を感じた裕紀は、たった一言だけ告げた。

「紗理亜、これからオナニーする時は、尻の穴も可愛がってやれ」

そして、早速、裕紀は円佳に挿入しながら、紗理亜のヴァギナとアナルに指を一本ずつ突っ込み、見本を見せる。

「い、痛っ！　やっぱりまだお尻は……でも、裕紀さんの二つの指が中でこすれ合ってるのが分かります。こんな風に私も自分でやれば……あっ、あっ、いい〜っ！」

ほどなくして、円佳、紗理亜の順番で二人は失神寸前レベルのオーガズムに達し、裕紀のフィニッシュはその二人の身体全体にスペルマの洗礼を浴びせることで決まった。

「はぁ、はぁ……円佳さんも私も全身、裕紀さんの精液でベタベタ……はぁ〜、匂いだけで頭がクラクラしてきます……」

「ふふっ……裕紀様だからこそ、可能な量よ。さぁ、紗理亜。私たちがそれを一滴残らず舐め尽くさないと……」

拘束された不自由な身体ながらも、円佳と紗理亜は互いの身体にかけられた精液を舐め合う。それがこの夜の第二ラウンドのプロローグであった……。

★　　★　　★

裕紀、そして円佳と紗理亜……男一人、女二人による蜜月期間は長く続かない。

きっかけは、ふとしたこと。ある日の性の饗宴の最中、円佳がトイレへと席を外していたまたま二人きりになった際に、紗理亜が裕紀に問いかけた言葉だった。

「裕紀さん……私は亡くなった妹さんの代わりになりましたか？」

「なっ……！　何をいきなり……どういうつもりだ、紗理亜！」

裕紀が気分を害したのが分かっても、紗理亜は言葉を続けた。

「いえ、ただ……裕紀さんの心が少しでも癒《いや》されたのかどうかを……私はそうであってほしいのですけど……」

素朴《そぼく》な疑問……だが、それは両親や周りから惜しみない愛を受けて育ってきた紗理亜ならではのことだった。客観的に見れば相当酷い仕打ちを受けたはずの紗理亜が、それでも他人への思いやりを忘れていない証《あか》しだった。

特別に紗理亜が聖母の如く優しい、というわけではない。人を思いやることのできる余裕があったから、紗理亜はそうしたまでのことだ。

父親と母親に一度として愛されることのなかった裕紀は当然、その余裕を持たず、ゆえに紗理亜の言葉を不可解に……そして、不快に感じる。

「……もういい。黙っていろ、紗理亜」

そう言って、紗理亜の言葉を問答無用に封じる以外、裕紀に為す術《すべ》はなかった。

そして、皮肉にも紗理亜の見せた思いやりが裕紀を追いつめていく……。

★　★　★

ある日、裕紀のいるマンションを訪れた円佳の何気ない一言から、二人の関係に綻《ほころ》びが生じ始める。

「……裕紀様、私はいつまで聖フェリオ女学園にいればいいのでしょうか？」

調教した女の子がまゆではないことを、妹の代わりにはならないと実感すれば、すぐにでも別のターゲットを捜すのが今までの常だった。だから、円佳のこの質問も極めて当然のことと言えよう。

だが、裕紀は返事をしない。重ねて円佳が「では、もっと紗理亜を快楽の虜《とりこ》になるよう追い込むのでしょうか？」と尋ねても、「必要ない」と裕紀は短く否定するだけだ。

気まずい空気が部屋に流れ、二人を沈黙が支配する。

二人の耳に、どこからか、カリカリと何かがこすれる音が微《かす》かに聞こえてきた。続いて聞こえた「ニャー、ニャー」という鳴き声からすると、おそらく『チビ』が部屋のドアか壁に爪でも立てているのだろう。

普段なら気にならない些細《ささい》な音が、裕紀と円佳を苛立《いらだ》たせる。まるで、これまで二人の関係を辛うじて結びつけていた細い一本の糸が、「カリ、カリ…」という音で少しずつ削られていくかのように思えて。

先に沈黙を破ったのは、裕紀だ。

「円佳……」

「はい。新しい御命令でしょうか」

何かを望むように返事の後ろに余計な言葉を付け加えた円佳に、無情にも決定的な一言が裕紀の口から告げられた。

「もう俺の命令を聞かなくても……これからはお前の自由にしていいぞ」

一瞬の間の後、円佳は「ドン！」と手で壁を強く叩《たた》いた。

「うるさいっ！　黙りなさい……このバカ猫……」

円佳の怒号と共に、『チビ』の泣き声も「カリ、カリ…」という音も消えた。

しかし、円佳のそれは本当に『チビ』に向けられたものだったのだろうか。

紗理亜は特別な存在……それは裕紀だけにとどまらず、円佳にもそうなのかもしれない。

だから、円佳は裕紀の「必要ない」という返事も、「自由にしていいぞ」という言葉も聞かなかったような発言を始める。

「そうですわね……まずは紗理亜の数ある盗撮映像をネットにでもばら撒いて……いえ、あのセクハラ教師を呼び戻して、脅迫の材料として提供してあげるという手も……」

まくし立てる円佳を、裕紀はただ茫然《ぼうぜん》と見つめる。

裕紀が円佳を他の女の子とは違う、パートナーとして扱ってきたのは、如何《いか》なるワガママでも聞いてもらえる、母親のような存在として見てきた側面が少なからずあった。

しかし、今、目の前にいる円佳は、心に傷を負った、か弱い一人の女の子だった……。

……誰が父親か分からない状況でこの世に生を受けた、円佳だった。

……唯一の肉親である母親、涼子からはことあるごとに「アンタは堕《お》ろしそこなっただけ」と自分の存在を否定する言葉をぶつけられてきた、円佳だった。

……母親を見返そうとどんなに努力しても愛人の娘という素性が知れると、知性と美貌《びぼう》に秀でていたぶん周囲の者たちからは無視されるという仕打ちを受けてきた、円佳だった。

「……他にも、紗理亜のクラスメートたちを利用するのも面白いかもしれませんね。例えば、クラスで紗理亜を一人、孤立させるとか……」

裕紀が両親に対するように、円佳も母親の涼子を単純に憎めればまだよかった。

『シングルマザー』などという体裁だけ整えた肩書きを否定し、自ら『愛人』と公言する涼子は、その立場に甘えることなく、ビジネス面のパートナーとして裕紀の父親をしっかりと支えていた。そう、涼子は、本来なら円佳も目指したいと思える女性だったのだ。

その相手に憎まれもせず愛されもせず、ただ無視され続けたことが、円佳を屈折させた。

そして……円佳は裕紀と巡《めぐ》り会う。

円佳にとって裕紀とは、初めて自分にナマの感情をぶつけてきた人間だった。

ぶつけられたのは負の感情、妹の死に対する復讐心《ふくしゅうしん》であり、無理やり犯される状況だったのだが、それでもその時の円佳は初めて一人の人間として扱われたような気がした。

ありきたりな言葉で言えば、一目惚《ひとめぼ》れ、だったのかもしれない。

裕紀が円佳をある種母親のように見ていたのと同様に、円佳も顔も名前も知らない存在である父親の面影を彼に重ねていたのかもしれない。

別に、円佳は自分が裕紀にとって特別な存在になることは望んでいない。その位置は、亡き妹のまゆしか占められないと信じていたからだ。それが今……。

「……そうそう、紗理亜をまだ純真な箱入り娘だと信じているはずの、あの子の両親にも淫乱な本性を見せつけてやりましょう。きっと興味深い反応を……」

仮に、特別な存在となる女の子が紗理亜以外だったとしたら、円佳はこれほど取り乱してはいなかっただろう。

紗理亜は円佳を憧れの対象として見ていたが、円佳にとってはまさに紗理亜がそうだった。

自然と周りの者たちから好かれる紗理亜……できれば、円佳もそうなりたかったのだ。

「……もう、いい。やめろ、円佳」

いつもと同じ命令口調だったが、裕紀のその声は驚くほど弱々しかった。

対照的に、円佳の狂騒はヒートアップしていく。

「いいえ、やめません！　私は裕紀様の命に逆らっても、紗理亜を絶対に貶《おとし》めてやります。男たちに『公衆便所』と呼ばれるような存在に……誰にでも股《また》を開くような……うぐっ！」

裕紀は円佳の暴言を止めるべく、彼女の首に手をかけた。

自分の存在を認めてくれた人にその存在を消してもらう……それこそが絶望という闇《やみ》の

中でたった一つ光を発する、円佳の望みだった。苦痛に歪みながらもはっきりと見開かれた円佳の瞳《ひとみ》がそう語っていた。

が……、裕紀の手は円佳が息絶える前に緩められた。

「すまない、円佳……」

糸の切れた操り人形の如くガクンと床に膝をつき、円佳は幼子のような声で泣き崩れた。

もう一度「すまない……」と口にすると、裕紀は円佳に背を向け、部屋をあとにする。

(俺は……もう、円佳に何もしてやれない……あんな酷いことをしてしまった、紗理亜に対してもそうだ……俺ができることといえば……)

裕紀はようやく気付いた。気付いてしまった。

最愛の者を失った時、何よりも先にすべきことがあったのを。

★　★　★

○月××日未明。

……第一発見者である、渡良瀬家のメイド某が最初に目にしたのは、決して物は動かさずにチリやホコリだけ掃除するようにと常に命じられていた部屋、『触れずの間』と呼ばれていたその場所が、台風でも通りすぎた後のように荒らされた惨状だったという。

メイド談『……それで私、泥棒でも入ったのかとびっくりしちゃって急いで旦那様《だんなさま》にご報告しようと……でも、あとから考えればそんなことあるわけないんですよね。だって、当家のセキュリティは万全で、正門にはガードマンさんだっているんだから……』

彼女が次に目にしたのは、おそらく一生忘れられない光景だろう、珍しく二人揃《そろ》って帰宅していたこの家の主人とその妻が居間の床で血の海の中に……。

★　★　★

朝……。聖フェリオ女学園の正門へ通じる並木道の傍らで、紗理亜は佇《たたず》んでいた。

「あっ……紗理亜～っ！」

紗理亜の姿を見つけて、登校途中の和子が駆け寄ってきた。

「……ワコちゃん、おはよう」

「どーしたの、こんなとこで物思いに耽る純情乙女《おとめ》なんか演じちゃったりして！　そーいうのは蓮見先輩みたいな美人がやるから絵になるんであって……あっ、そっか！　紗理亜はその蓮見先輩を……」

「うん。私が訪ねた時にはもう部屋にはいなかったから。まだ教室にも……だから……」

それを聞いて、和子はいきなりギュウゥゥッと紗理亜を抱きしめた。

「わ、ワコちゃん……？」

「いや～、紗理亜、アンタってば、やっぱ可愛い！　繊細《せんさい》かつデリケートなアタシだから、『だったら、せめて校門のとこで待てば……』なんて言わない。ほんのちょっとの距離でも蓮見先輩と一緒に登校したいってわけよね、紗理亜は」

「えっ……？　いや、あの、私はただ校門だと目立っちゃうからって思っただけで……」

「いいって、いいって。今更、照れなくても。さっ、邪魔者は撤退、撤退、と」

一人勝手に納得して、和子は紗理亜から離れていった。

「あっ、ワコちゃん……クラスのみんなに今のこと、無意味にスケールアップさせて言わないといいんだけどなぁ」

自分と円佳のことが変な噂《うわさ》になることを心配しつつ、紗理亜はあることに思い当たる。

ならば、自分と円佳の関係を正確に説明するとすれば、なんと言えばいいのか、と。

恋人……親友……先輩と後輩……紗理亜の中の辞書に当てはまる単語はなかった。

「う〜ん……どうでもいいのかな、そんなことは。それより今は……円佳さん、昨日の夜も自分の部屋に帰ってきた様子なかったけど……やっぱり、裕紀さんのとこ……あっ！」

登校する生徒たちの中に円佳らしい人影を見つけて、紗理亜はそちらへ足を踏み出す。

「ま、円佳さ〜ん……えっ、違った？　髪形が似てるだけで……きゃっ！」

それは人違いだった上に、慌てたせいで紗理亜は例の如く何もない場所で器用に転んでしまった。

「いたたた……はう〜、又、やっちゃったよぉ。私って、どうしてこう……」

スッテーンと、あまりにもお見事な転びっぷりを披露《ひろう》した、紗理亜。

その姿を、少し離れた木陰からこっそり見つめる人物がいた。

返り血を浴びた両手、そして自身も腹部に傷を受け血を流している、裕紀だ。

「ぐっ……はぁはぁ……さあ、行けよ。本当の飼《か》い主のところに……」

裕紀は抱えていたバスケットケースの蓋《ふた》を開けて、『チビ』を放した。

「ニャア……ニャニャニャ……！」

『チビ』は一度だけ裕紀の方を振り返ったが、すぐに紗理亜の元へ走り出した。

「ふっ……これだから猫は嫌いなんだ」

苦笑しつつそう呟くと、裕紀はバスケットケースを離した手で懐から何かを取り出した。

やがて、何かをし終えると、覚束《おぼつか》ない足取りで歩き出す。紗理亜のいる方向とは逆に。

途中、グラリと地面に膝をついてしまった裕紀の頬に、何かの雫《しずく》が落ちた。

「雨……か。まゆがいなくなったのが雨の日だから、俺は……けど、雨もたまには悪くない……何しろ、俺と紗理亜を……そして、俺も同じ雨の日に……」

そして……裕紀の手から放たれた『チビ』は……。

「えっ……？　『チビ』？　『チビ』じゃないの！　どうして、『チビ』がこんなとこに……」

ピョンと飛びついてきた『チビ』を胸で抱きとめた紗理亜は、続いて辺りを見回した。

「『チビ』がいるってことは、裕紀さんも……あっ！」

紗理亜の制服のポケットで携帯電話がメールの着信を伝えた。

送り主は、裕紀。その内容は……。

【紗理亜ちゃん、君は妹の代わりなんかじゃない。君は】

そこでメールの文面は終わっていた。

「裕紀さ~ん、いるんですよねぇ。もしかして、円佳さんも……裕紀さぁぁぁん!」

紗理亜の呼びかけに対して、声は返ってこなかった。

裕紀がメールの中で『君は』のあとに何を続けたかったのか、それも紗理亜には分からないままに……。

エピローグ

季節は初夏を迎える。それでもまだ早朝は少し肌寒い。

新聞配達のバイクくらいしか通らない道を、彼女は歩いていた。

やがて『蓮見』とある表札の前で足を止め、彼女はその玄関へ。

呼び鈴を押し、インターホンとセキュリティ用のカメラで確認が済むと、玄関のドアが開かれ、彼女の前にはネグリジェ姿で明らかに不機嫌な顔をした涼子が姿を見せた。

「……何よ、こんな朝早くから。それに、確か、家の鍵《かぎ》は持ってるでしょ。勝手に入って又、勝手に出ていけばいいいじゃない。そうでしょ、円佳」

そう、訪れてきたのは、円佳であり、ここは彼女の自宅だった。

「この時間じゃないと、お酒が入ってるか、仕事中なのを理由にしてまともに私《わたし》と話をしてくれないだろうから、あなたは」

「あら、そう。でも、残念ね。私、低血圧だからこんな寝起きに話をされても、すぐに忘れちゃうわよ」

涼子が茶化すのにも構わず、円佳は先程、涼子の話にも出た、自宅の鍵を差し出す。

「これ、返します。それから、私の部屋にある私物も処分してください」

「……それって、どういうつもり？」

「私、今日限りで家を出ますから」

「ふぅぅん……なんか今更って話よね。あの男と出会ってから、ほとんどここには寄りつかなかったくせに」

『あの男』とは無論、裕紀のことで、名前が出たついでに涼子は彼の話題にも触れる。

「そうそう、あの男がやらかした事件だけど、醜聞《しゅうぶん》にならないよう処理されたわ。フフッ、私も荷担したんだから、『された』ってのはおかしいわね。外国人窃盗団《せっとうだん》による強盗殺人って筋書きだから、きっと未解決事件の一つとしてそのうちテレビでも……」

円佳がちっとも話題に乗ってこないので興を削《そ》がれた涼子は、話を途中で打ち切った。その代わりに、円佳を動揺させるような話題を始める。

「まっ、法的にはそーいうわけなんだけど、渡良瀬グループとしては、まだあの男を独自に追ってるわよ。だって、もうこの世にいてもらったら困る人間なのよね、あの男は」

「……でしょうね」

「一つだけサービスしちゃう。まだ見つかってはいないわ。死体という形でも、ね」

「そうですか。でも、関係ないんです、そんなことは」

円佳はしっかりと涼子の目を見据《みす》えて話をしている。そんな円佳は初めてかもしれないと、涼子は思った。

「私はあの人を捜し続けるだけです。そのために、この家を出るんですから」

「捜すって、アンタ……今まであの男といろいろやっていたみたいだけど、もうその力もお金もないのよ。一体、どうやって……」

「フーゾクでもなんでも……だって、あの人に私は必要ないのかもしれないけど、私にはあの人が絶対に必要だから……」

しばらく無言の睨《にら》み合いが続き、フッと涼子が笑みを浮かべた。

「どうやら現実よりも夢の中で生きていくタイプだったみたいね、アンタは。一つ言っておくけど……私は渡良瀬グループの人間、つまりあの男につくアンタの敵よ」

「はい……じゃあ、さようなら、お母さん」

最後に一度だけ涼子のことをそう呼ぶと、円佳は踵《きびす》を返した。その背中に向かって、涼子が声をかける。

「『お母さん』……ね。だったら、円佳、アンタの『お父さん』が誰《だれ》なのか知りたくない？」

既に歩き出していた円佳の歩みは止まらない。

「アンタのお父さんが、実はあの男の父親だったとしたら、どうする？」

裕紀と腹違いの兄妹かもしれないという衝撃的な事実を突きつけられても、円佳は歩みを止めず、涼子の前から去った。

それは訣別《けつべつ》という形で、円佳が母親と折り合いをつけた姿であった……。

★　★　★

いつもと変わらない朝。聖フェリオ女学園の寮《りょう》の自室で、紗理亜は目を覚ます。

「う～～ん、いいお天気！　こんな日はずっと『チビ』と遊んでいたいなぁ」

何も告《つ》げずに円佳が姿を消し、裕紀もあのメールを最後に連絡が取れなくなった今も、紗理亜の学園生活は変わらず続いている。

変わったのは、又、『チビ』との同居が始まったことくらいだろう。

今も、部屋の隅《すみ》、段ボールで作った専用個室の中で『チビ』は軽い寝息を立てながらスヤスヤと眠っている。

「う～……『チビ』だけまだ寝てられるなんてずるいよぉ……なんてね」

あれから他《ほか》の生徒たちを仲間に巻き込み、寮長をなんとか説得し、特例として『チビ』を飼《か》うことを強引に認めさせたのだから、紗理亜も大したものだ。

「さーてと、着替える前にまずは……」

紗理亜は携帯電話を手に取り、裕紀に宛《あて》てメールを送る。たぶん一緒にいるはずだと、円佳にも宛て。

返事はなかったが、紗理亜はずっと待ち続けていた。

紗理亜自身もいつまでそれを続けられるかは分からない。

ただ、今はまだメールを送り続け、返事を待ち続けていたかった。

全《すべ》てを吹っ切れた時……その時こそ、性体験の有無などに関《かか》わらず、少女が本当の意味で『女』になるのかもしれない。

《裕紀さん、円佳さん、元気ですか。私と『チビ』は今日も元気一杯です》

いつもメールの冒頭《ぼうとう》に打つその言葉通りに、目を覚まして「にゃあ」と鳴く『チビ』に「行ってきま〜す」と声をかけると、紗理亜は元気よく部屋を出ていった。

END

あとがき

どうも、今回は締め切りを破りまくって関係各所に多大な迷惑をかけてしまいひたすら反省の日々を送っていた、高橋恒星です。

本書は筆者にとって、『夜勤病棟』シリーズ以来、久しぶりの凌辱ものです。

『夜勤病棟』シリーズでは、飽くまでもノベライズ版としてですが、凌辱を受けた者が結果としてある意味、救われるというお話に仕立て上げました。

そこで今回は……と言っても別に初めから意図したわけでもありませんが、『いたずら姫』では、凌辱を加えた者の方が救われるお話になっています。

これを読んで、「そんなわけあるか～い！」とツッコむ読者もいるはずです。最近の男女同権論者が知ったら、糾弾されることは間違いないでしょう。

ですが、性根の座っていない筆者としては、そういった落としどころがないと凌辱ものは執筆できない次第なのです。まあ、自分でも偽善的かなと思わないこともないのですが。

そういえば、筆者のパラダイムノベルス、デビュー作も凌辱もので、タイトルは『偽善』だったなぁ……と、オチがつきまして、おあとがよろしいようで……。

では、読者の皆様とは、どこかの国からミサイルでも飛んでこない限り、又、次回作で。

二〇〇三年　三月　高橋恒星

いたずら姫

2003年 4 月20日 初版第 1 刷発行

著　者　高橋 恒星
原　作　フェアリーテール
原　画　満月○

発行人　久保田 裕
発行所　株式会社パラダイム
〒166-0011東京都杉並区梅里2-40-19
ワールドビル202
TEL03-5306-6921 FAX03-5306-6923

装　丁　妹尾 みのり
印　刷　株式会社高山

乱丁・落丁はお取り替えいたします。
定価はカバーに表示してあります。

既刊ラインナップ

定価 各860円+税

1 悪夢 ～青い果実の散花～
2 脅迫
3 痕 ～きずあと～
4 慾 ～むさぼり～
5 黒の断章
6 淫従の堕天使
7 Esの方程式
8 歪み
9 悪夢 第二章
10 瑠璃色の雪
11 官能教習
12 復讐
13 淫Days
14 お兄ちゃんへ
15 緊縛の館
16 密猟区
17 淫内感染
18 月光獣
19 告白
20 Xchange
21 虜2
22 飼
23 迷子の気持ち
24 ナチュラル ～身も心も～
25 放課後はフィアンセ
26 骸 ～メスを狙う顎～
27 朧月都市
28 Shift!
29 いまじねぃしょんLOVE
30 ナチュラル ～アナザーストーリー～
31 キミにSteady
32 ディヴァイデッド
33 紅い瞳のセラフ
34 MIND

35 錬金術の娘
36 凌辱 ～好きですか？～
37 My dearアレながおじさん
38 狂＊師 ～ねらわれた制服～
39 UP!
40 魔薬
41 臨界点
42 絶望 ～青い果実の散花～
43 美しき獲物たちの学園 明日菜編
44 淫内感染 ～真夜中のナースコール～
45 MyGirl
46 面会謝絶
47 偽善
48 美しき獲物たちの学園 由利香編
49 せ・ん・せ・い
50 sonnet～心かさねて～
51 リトルMyメイド
52 flowers～ココロノハナ～
53 サナトリウム
54 はるあきふゆにないじかん
55 プレシャスLOVE
56 ときめきCheckin!
57 散櫻 ～禁断の血族～
58 Kanon～雪の少女～
59 セデュース ～誘惑～
60 RISE
61 虚像庭園～少女の散る場所～
62 終末の過ごし方
63 略奪～緊縛の館 完結編～
64 Touchme～恋のおくすり～
65 淫内感染2
66 加奈～いもうと～
67 PILE・DRIVER

68 Lipstick Adv.EX
69 Fresh!
70 脅迫～終わらない明日～
71 うつせみ
72 Xchange2
73 M.E.M.～汚された純潔～
74 Fu・shi・da・ra
75 絶望 ～第二章～
76 Kanon～笑顔の向こう側に～
77 ツグナヒ
78 ねがい
79 アルバムの中の微笑み
80 ハーレムレーサー
81 絶望 ～第三章～
82 淫内感染2 ～鳴り止まぬナースコール～
83 螺旋回廊
84 Kanon～少女の檻～
85 夜勤病棟
86 使用済～CONDOM～
87 真・瑠璃色の雪 ～ふりむけば隣に～
88 Treating 2U
89 尽くしてあげちゃう
90 Kanon～the fox and the grapes～
91 もう好きにしてください
92 同心～三姉妹のエチュード～
93 あめいろの季節
94 Kanon～日溜まりの街～
95 贖罪の教室
96 ナチュラル2 DUO 兄さまのそばに
97 帝都のユリ
98 Aries

99 LoveMate～恋のリハーサル～
100 恋ごころ
101 プリンセスメモリー
102 ぺろぺろCandy2 Lovely Angels
103 夜勤病棟 ～堕天使たちの集中治療～
104 尽くしてあげちゃう2
105 悪戯Ⅲ
106 使用中～W.C.～
107 せ・ん・せ・い2
108 ナチュラル2 DUO お兄ちゃんとの絆
109 特別授業
110 Bible Black
111 星空ぷらねっと
112 銀色
113 奴隷市場
114 淫内感染 ～午前3時の手術室～
115 懲らしめ 狂育的指導
116 傀儡の教室
117 インファンタリア
118 夜勤病棟 ～特別盤 裏カルテ閲覧～
119 姉妹妻
120 ナチュラルZero＋
121 看護しちゃうぞ
122 みずいろ
123 椿色のプリジオーネ
124 恋愛CHU! 彼女の秘密はオトコのコ？
125 エッチなバニーさんは嫌い？
126 もみじ「ワタシ…人形じゃありません…」
127 注射器2
128 恋愛CHU! ヒミツの恋愛しませんか？

最新情報はホームページで！　http://www.parabook.co.jp

129 悪戯王
原作：インターハート　著：平手すなお

130 水夏～SUIKA～
原作：サーカス　著：雑賀匡

131 ランジェリーズ
原作：ミンク　著：三田村半月

132 贖罪の教室BADEND
原作：ruf　著：結字糸

133 -スガタ-
原作：May-Be SOFT　著：布施はるか

134 Chain失われた足跡
原作：ジックス　著：桐島幸平

135 君が望む永遠 上巻
原作：アージュ　著：清水マリコ

136 学園～恥辱の図式～
原作：BISHOP　著：三田村半月

137 蒐集者　コレクター
原作：ミンク　著：雑賀匡

138 とってもフェロモン
原作：トラヴュランス　著：村上早紀

139 SPOT LIGHT
原作：ブルーゲイル　著：日輪哲也

140 Princess Knights上巻
原作：ミンク　著：前園はるか

141 君が望む永遠 下巻
原作：アージュ　著：清水マリコ

142 家族計画
原作：ディーオー　著：前園はるか

143 魔女狩りの夜に
原作：アイル【チーム・Riva】　著：南雲恵介

144 憑き
原作：ジックス　著：布施はるか

145 螺旋回廊2
原作：ruf　著：日輪哲也

146 月陽炎
原作：すたじおみりす　著：雑賀匡

147 このはちゃれんじ！
原作：ルージュ　著：三田村半月

148 奴隷市場ルネッサンス
原作：ruf　著：菅沼恭司

149 新体操（仮）
原作：ぱんだはうす　著：雑賀匡

150 Piaキャロットへようこそ!!3 上巻
原作：エフアンドシー　著：ましらあさみ

151 new～メイドさんの学校～
原作：SUCCUBUS　著：七海友香

152 はじめてのおるすばん
原作：ZERO　著：南雲恵介

153 Beside～幸せはかたわらに～
原作：F&C・FC03　著：村上早紀

154 Only you 上巻
原作：アリスソフト　著：高橋恒星

155 性裁　白濁の禊
原作：ブルーゲイル　著：谷口東吾

156 Milkyway
原作：Witch　著：島津出水

157 Sacrifice ～制服狩り～
原作：Rateblack　著：布施はるか

158 Piaキャロットへようこそ!!3 中巻
原作：エフアンドシー　著：ましらあさみ

159 忘レナ草 Forget-me-Not
原作：ユニゾンシフト　著：雑賀匡

160 Silvern ～銀の月、迷いの森～
原作：g-clef　著：布施はるか

161 エルフィーナ～淫夜の王宮編～
原作：アイル【チーム・Riva】　著：清水マリコ

162 Princess Knights下巻
原作：ミンク　著：前園はるか

163 Realize Me
原作：ミンク　著：高橋恒星

164 Only you 下巻
原作：アリスソフト　著：高橋恒星

165 水月 —すいげつ—
原作：F&C・FC01　著：三田村半月

166 はじめてのおいしゃさん
原作：ZERO　著：三田村半月

167 ひまわりの咲くまち
原作：フェアリーテール　著：村上早紀

168 Piaキャロットへようこそ!!3 下巻
原作：エフアンドシー　著：ましらあさみ

169 新体操（仮）淫装のレオタード
原作：ぱんだはうす　著：雑賀匡

170 D.C.～ダ・カーポ～ 朝倉音夢編
原作：サーカス　著：雑賀匡

171 エルフィーナ～奉仕国家編～
原作：アイル【チーム・Riva】　著：清水マリコ

173 はじらひ
原作：ブルーゲイル　著：星野杏実

174 いもうとブルマ
原作：萌。　著：谷口東吾

175 DEVOTE2 いけない放課後
原作：13cm　著：布施はるか

176 特別授業2
原作：BISHOP　著：深町薫

177 超昂天使エスカレイヤー 上巻
原作：アリスソフト　著：雑賀匡

178 D.C.～ダ・カーポ～ 白河ことり編
原作：サーカス　著：雑賀匡

179 いたずら姫
原作：フェアリーテール　著：高橋恒星

186 D.C.～ダ・カーポ～ 芳乃さくら編
原作：サーカス　著：雑賀匡

好評発売中！

〈パラダイムノベルス新刊予定〉

☆話題の作品がぞくぞく登場！

183. 裏番組

13cm　原作

三田村半月　著

　華やかなテレビ業界に飛び込んだ、新人女子アナの郁美。そこでは高視聴率を取るために、公然とセクハラまがいの生中継が行われていた。欲望渦巻くテレビ局に勤める、8人の美人アナウンサーたちの運命は!?

182. てのひらを、たいように 上巻

Clear　原作

島津出水　著

　水郷の里として知られる小さな田舎町。夏休みも近いある日、永久という名の少女が転校してくる。明生とは子供のころに一緒に遊んだと言い張る彼女に、彼はまるで覚えがなくて…。